光文社文庫

彼女の家計簿

原田ひ香

JN210757

光　文　社

2025. 03. 15.-

目次

彼女の家計簿

1

夜中に娘の啓《けい》が吐きだした時のぞっとするような気持ちは、何日経《た》っても里里《りり》から消えなかった。

夕方、頭を打ったのは知っていた。夕飯の支度でばたばたしていて目を配っていない間のことだった。「お腹空いたあ」という声が急にしなくなったと思って振り返ったら、神妙な顔で頭の後ろをなでていた。

「どうしたの」

「テレビ観てて、ベッドから落ちた」

二歳半になった啓は急におしゃべりになって、たいていのことはなんでも説明ができる。ベッドは実家でも使っていたのを、大学進学で上京する時に持ってきたものだ。シングルに、毎晩二人で丸くなって寝ている。

「どんな感じ?」

「啓ちゃんねえ、こうやって」

とベッドの端《はし》に頭を半分はみ出させて見せた。

「テレビ観てたの。そしたら落ちちゃったの」

ずるずると体が落ちていく様子を実演してみせる。勢いよく打ったようではないので甘く見てしまった。

ベッドを部屋の端に寄せすぎて、テレビを観るためにはベッドから身を乗り出さないといけない配置だ。動かさないと危ないと思いながら、男手がない世帯の悲しさでのびのびになっていた。

「痛かった？」

「別にー」

真面目な顔は崩さず、また、テレビを観だしたので気にも留めていなかった。

冷凍にしておいたミートボールを入れたトマトパスタの夕食はよく食べたし、お風呂も入った。機嫌よく眠ったのに、夜中に頭が痛いと起きだし、急に吐いた。

救急病院に連れていくのがいいのか、救急車を呼ぶのがいいのか。スマートフォンを操作する手がぶるぶる震えているのを感じた。後に、「あの時、救急車を呼べばよかった」と後悔することになったらどうしよう、と思いながらも、狭い路地のとっつきの場所に建っている小さなアパートまで救急車を呼ぶ勇気がなかった。

呼び出したタクシーの初老の運転手は無口だったが、ネットで探した住所をちらりと見ただけで「場所はわかりますから」とすぐに車を出してくれた。

抱きかかえた啓は泣きもせず、ぐったりと身を寄せている。

打ったところを見ていないから、判断できなかったのだ。ひどい打ち方とわかっていれば、すぐに病院に行ったのに。

啓はこのところ大人びてきて、心配させないように気を遣《つか》って嘘を言うことがある。

「別に」は最近お気に入りの口癖で、意味もなく使うことがあるのを知っているのに、どうしてそのまま流してしまったのか。本当は痛かったのに、あたしが忙しそうにしていたから言い出せなかったのかも……もっとこの子を見てやることができたら……あたしはこの子を幸せにしてやることができない母親なんじゃないだろうか。

「子供は皆、そういうことが何度もあって、成長していくものだから」

暗い窓の外をぼんやり見ている里里の気持ちを、まるで見透かしたように、運転手がぽつんと言った。

「すぐ着くからね」

「はい」

こういう時に、「運転手さんも、お子さんがいらっしゃるんですか」とかなんとか話ができる性格ならば気がまぎれるし、運転手さんだって喜ぶだろうに……口軽く返事ができない自分がもどかしい。彼はそれ以上話しかけてこなかった。

でも理解してくれているようで、救急病院の前で降ろしながら「もし、帰りにタクシーがつかまらないようなら、連絡ください」と名刺をくれた。

急患外来《きゅうかん》は思ったより混んでいたけれど、事情を話すと順番を飛ばしてすぐに診《み》てくれることになった。

青い手術着を着た医師は三十二の里里と同じぐらいの年頃に見えた。話を聞き、ぐったりしている啓を診ると、すぐに「CTを撮りましょう」と言った。顔色と声の調子で、彼もあわてているのがわかった。

地下のレントゲン室に回って、当直の技師が来るのを待つのがとても長かった。その間も、啓はトイレで一回吐いた。

写真が出来上がると、また診察室に呼ばれた。壁の断層エックス線写真に、啓の輪切りにされた小さな頭が写っていた。彼だけでなく、初老で背の低い医師とまだ若い女性医師が覗《のぞ》き込むようにして観ている。

「どうでしょうか」

里里の声は震えた。

「うーん」

最初に診察した男性医師が腕を組んでうなった。

「特に、充血などは観えないんですよね……町山《まちやま》先生、いかがですか」

町山と呼ばれた初老の男は、ぎょろ目をむき出すようにしていたが、彼もうなずく。

「私にも観えない……」

「私たちだけじゃ、あれだから、若くて目のいい先生にも来てもらったんですよ」

医師はリラックスさせようとしているのか、笑顔を見せた。すると、若い女性医師が、

「私にも異常はないように観えますが……」と静かに言った。

気が楽になったものの、逆に「原因不明」という言葉が脳裏をよぎり、怖くなる。

「どういうことなんでしょうか」

啓はかたわらの、茶色い革張りの硬いベッドの上に寝かされて、相変わらず、ぐったりしていた。

「さっき、CTの前にも吐いたんです」

「元気がないのが心配だね」

「吐き気止めの注射を打って、今夜は経過観察しましょうか」

「注射ですか」

「お尻に打つ、筋肉注射です。痛いけど、効き目が高いので」

注射、という単語が聞こえたのだろう。ぐったりしていた啓が急に目を開けた。

「注射、いやー!」

それまで何も話さず泣きもしなかったのに、急にはっきりと言葉を口にしたから、三人の医師も顔を見合わせてしまった。

「でもね、気持ち悪いのが治るよ」

里里があわてて、説明する。

「注射しない!」

そう言うと、啓は起き上がって、走って診察室のカーテンをくぐって外に出てしまった。

「啓! どこ行くの!」

里里はあわててあとを追った。診察室はカーテンで三つに仕切られている。隣の別の患者と医師がいるところに入り込み、机の下にもぐった。

「啓! 出てきなさい」

「いやです、注射はしません!」

患者は若い男で、ぽかんとして見ている。

「すみません、申し訳ありません」

頭を下げながら、医師の机の下に腰をかがめると、啓の両足を後ろからつかんで引っ張り出した。

「ぎゃーーーー！」

ものすごい叫び声を上げながら、啓は出てきた。

「これだけ、元気なら、たぶん、大丈夫だ」

後ろで見ていた町山医師が言い切り、「ほ、ほ、ほ」と笑いながら、診察室から出て行った。

「そうですね。これなら、大丈夫です」

緊張が漂っていた診察室に、看護師を含め、皆の苦笑とも安心ともつかない笑顔があふれた。

それでも、啓は注射から逃れることができず医師と看護師に押さえつけられて、泣きながら打たれることになった。

タクシーをつかまえられるかどうかわからなかったし、報告もしたくて、さっきの名刺の番号に電話をすると「近くにいるからすぐ行きます」と静かな声が聞こえた。

運転手は話を聞いて、「それはよかった」と言ったのみだったが、表情は見えないものの声には笑いが含まれていて、里里は初めてほっとした。

「家はわかりますから、寝ていてください」

啓はすでに膝の上で寝ていた。里里も気がつくとうつらうつらしていた。

そんなことがあった翌日でも会社は休むことができず、もちろん啓と一緒にいたいし、そうすべきだと思いながら、保育園に預けることになった。保育士に昨夜あったことを話さなくてはいけないのだけれど、預かれないと断られるのが怖くて、何も言えなかった。

唯一の望みは、啓が元気で機嫌がよく、まるで何ごともなかったようだったことだ。仕事の最中、ずっと気にかかっていた。もしも、保育園でまた吐いたらどうしよう。頭が痛いのに、ちゃんと先生に言えなかったら……やっぱり、話すべきだったか……。

里里の仕事は、コンピュータープログラマーだ。理系の専門学校を出たあと都市銀行のシステム管理室に勤めた。その間、さまざまなコンピューター関係の資格や、講座を受けさせてもらったのは、ありがたいことだと感謝している。

ただ、未婚の母になる時に産休までは取らせてはくれず、それは結婚した女性のための制度だとやんわり断られた。

「あなたが戦うつもりなら、私は後押しするけど」

経理に古くからいる斉藤《さいとう》という五十代後半の女性が、わざわざ職場まで訪ねて来て、お腹《なか》が大きくなりかけた里里に声をかけてくれた。

斉藤はその年代の人にはめずらしく、結婚後も勤め続け、夫を早くに亡くして三人の子を育て上げた。仕事には厳しいと評判で、まわりからは煙たがられている。あまりいい噂は聞いていなかった。結婚後も勤めるのは、銀行ではめずらしい。斉藤は労働組合の女子部部長もしているのだ。

「ありがとうございます」

お腹の子にさわらないよう、そっと手を触れてお辞儀をした。

「でも、復帰したあと、勤め続けられるのかもわかりませんし、斉藤さんにもご迷惑をおかけすることになるので」

「そんなことといいのに」

「プログラマーなので、なんとか派遣《はけん》とかでも仕事を探せそうですし」

「手に職がある人はうらやましいわ」

斉藤さんが肩に手を置いてくれて、初めて泣きそうになった。きつい人だという話は聞いていたので、里里のような妊娠をした女に手を貸してくれるとは思わなかった。

「困ったことがあったら連絡してよ。相談に乗るから」

そう言って、携帯のメールアドレスを教えてくれた。部署の同僚や上司は、皆、下を向いて見て見ぬふりをしていた。

実家には戻らないの？　という彼女の問いに、ええまあ、と言葉をにごしただけで事情を察してくれたようで、今でも時々メールをくれる。母親に相談できない里里には、ありがたい存在だった。

生まれた女の子に「啓」と名付けた。女でも男でも通用するような名前に、性に頼らずに生きて行って欲しいという気持ちをこめて、ひとりで考えた。病院に来てくれたのは、数少ない友達と、斉藤さんだけだった。

啓が保育園に通えるようになるとすぐに仕事を探し始め、ほとんど僥倖《ぎょうこう》と言ってもいいのだが、女性向け情報サイトに正社員として就職することができた。決して給料が高いわけではないけれど、残業なし休日出勤なしで、保育園に啓を迎えに行ける時間には退社できるのは破格の条件と言えた。

女社長の高橋良子《たかはしよしこ》は子供を育てながら会社を作った人物で、里里の経歴にむしろ興味をひかれたらしかった。ただ、そういう人にありがちな、かなりの気分屋で私生活にも口を挟《はさ》んでくる性格には少々閉口《へいこう》した。でも、今の条件なら文句は言えない。

とはいえ、生活や仕事の厳しさは変わりなく、今月は前半に啓が熱を出して二日有給を使っていたから休めそうになかった。

終業の十八時になると、まだ働いている同僚たちにぺこぺこ頭を下げ、腰をかがめながら職場をあとにした。今日は一時も早く、啓の顔を見たかった。

保育園の啓は機嫌よく給食も残さず食べていたらしい。顔を見ると「ママー」と近づいてきて、抱きついた。

この一瞬なのだ。

啓が柔らかく温かみのある小さな体で里里を抱きしめる、この時のためにあたしは働いている、と思う。どんなことをしてもこの子を守りたい。

啓を抱きしめ、頬と頬を付ける。

じゃあねーと、保育園の先生に手を振って、家に戻った。啓を自転車の後ろの席に乗せてアパートに戻る。啓はご機嫌で、ずっと題名もない歌を歌っていた。

アパートに着いてポストを覗くと、いつもはDMぐらいしか入っていないポストにぎっしりと分厚く重いA4サイズの封筒が入っていた。

「ママー、それなあに？」

啓は歌の続きのような調子で尋ねた。

「なーんでしょう？」

合わせて言った。

「なあに。啓ちゃんにプレゼントですか」

「どうでしょう」

「ママにプレゼントですか」

そうだったら、とても嬉しいのだけど、と思いながら裏に返した。最後のプレゼントをもらったのは、いったいいつのことだろう。

差出人は、自らの母親の筆跡《ひっせき》で「瀧本朋子《たきもとともこ》」と実家の住所が書いてあった。

「ママー、どうしたんですか」

見たとたん、体が硬く固まってしまって、啓が心配そうな声を上げるまで、身動きができなかった。

「誰からのプレゼントですか」

「プレゼントじゃないの。お部屋に入りましょ」

ビデオに録《と》っておいた教育テレビの子供番組を啓に観せながら夕飯の準備をする。

頭の中が真っ白になってしまって、何も考えられない。

いまさら、何を言ってきたんだろう。

啓が生まれた時だって写真入りの手紙だけは出したのに、返事も何もなく、むき出しの三万円を現金書留で送ってきただけだった。

そういう人なのだ。

父親のない子供を産むなんて苦労するだけ。もし産んでも援助は絶対しないからそのつもりで。実家に帰ってこようだなんて甘い考えならやめなさい。

携帯電話に相談のメールを送ったところ、朋子からの返事はそれだけだった。

そこに、一人娘に対する心配も怒りもなかった。ただ、迷惑をかけないでほしい、面倒は嫌だ、という冷めた目があるだけだった。

怒りならいい。怒ってくれたなら耳を貸しただろう。もしかしたら、朋子の説得を受けたかもしれない。

怒りには、娘の将来を思いやったり、期待が外れたことへの失望があったり、その人生のなんらかに関わっていこうとする意志があると思う。けれど、朋子からそういう熱い気持ちを感じたことは一度もなかった。

食事の準備をしながら、食器棚の上に置いた封筒が気になってちらちら見る。

ついに、ご飯と白菜とベーコンのクリーム煮のメニューがおおかた出来上がったのでそちらに手を伸ばした。隣の部屋の啓をちらりと見ると、今夜はちゃんとテレビの前に体育座りをしている。大丈夫、どんなことがあってもあたしはあの子を一人で育てる、と思った。

封筒をわざとびりびりと破るように開いた。

Ａ４サイズの封筒にさらに封筒が入っていて、便箋《びんせん》が一枚、はらりと落ちた。

「ご無沙汰しております。このようなものが送られてきました。私には必要のないものですので、あなたに送ります。必要なら連絡を取るなり、話を聞くなりしてください。内容を私に報告する必要はありません」

入っていたずっしりと重い封筒をひっくり返すと、谷中《やなか》の住所と「三浦晴美《みうらはるみ》」という名前が書いてあった。中には数冊のノートが入っていた。

見たことも聞いたこともない名前だった。

＊　＊　＊

昭和十七年二月二十三日（月）

昨日、善吉《よしきち》さんと横浜まで買い物に足を延ばされたお義母《かあ》さまが、この家計簿を買ってきてくださった。加寿《かず》さんは書くのがお得意だから、これからはあなたがこの家の主婦なのだから、とのお言葉に、身の引き締まる思いがする。家計として、月々十四円をお預かりするよし。その中からご飯とおかずを作るよし。このようなお義母さまはほかにはおるまい。加寿、ありがたさに涙がこぼるる思いする。

晩のおかず　野菜煮つけ、おみお付け

＊　＊　＊

NPO「夕顔《ゆうがお》ネット」代表、三浦晴美はなかなか進まない引っ越し準備にいらいらしていた。

ずっと事務所として使ってきた谷中の民家は、すでに築五十年以上経っており、地震のたびにぞっとするような軋《きし》み音が走る。

代表の自分が怖がったら他を不安にさせるだけだ、と努めて平気な顔を作ってきたが、さすがに疲れてきた。

「夕顔ネット」は水商売や風俗関係の仕事をしてきて高齢になった女性の再就職や就職訓練の手伝いをするNPOで、前身の「女性自立推進協会」から計算すると、すでに創立四十年以上経つ団体だ。事務局側は晴美の他に、経理の曽我真紀子《そがまきこ》という五十代の女性と、事務と雑用全般をお願いしている三十になったばかりの檜山彩恵《ひやまさえ》がいる。

他、ボランティアで来てもらっている女性を含めると五、六人のスタッフが常時働いており、また、晴美たちが「会員さん」と呼ぶ支援する女性たちが常に出入りしているから、いつもざわざわしていた。それが地震のたびに叫んだり、泣いたり、文句を言ったりするのだから、なかなかにかしましかった。

幸い、土地建物ともに、篤志家《とくしか》からの寄付で、「夕顔ネット」の所有となっている。ここを売ってどこか別の場所に引っ越すことも考えたが、新たな地での周囲の人々との軋轢《あつれき》などが考えられた。やっと落ち着いたこの地を離れるのは、別の不安の種が生まれそうであった。

ここ半年ほど、近所の不動産屋、建設業者などに相談してきたなかで浮上したのは、思い切って民家を壊し、ビルに建て替えたらどうか、という案だった。四階建てにして、一階二階にテナントを入れ、三階四階部分を事務所として使えば、家賃が入ってきて返済に充《あ》てられると言う。

あまりに壮大な計画に思えて、「とんでもないこと」とずっと晴美はしり込みしていたけれど、なんども不動産屋から説明を受けるうち、もしも、実行するなら低金利で消費税増税前、そして、四十二歳の今しかない、という気がしてきた。

彼らは、谷中商店街からほど近いこの場所ならテナントはひきもきらずだと口軽く請《う》け合う。しかし、晴美にはそう簡単にいくとは思えず、なんどもなんども、計算を尽くした。

テナントが二軒とも入っている時、一階のみしか入らなかった時、二階のみなどとさまざまにシミュレートしてみた。また、二軒とも入らなかった時は何年何か月まで持ちこたえられるのか、何年で完済できるのか、このままデフレが進んで家賃を下げざるを得ない時、何パーセントまでなら持ちこたえられるのか、一軒のみの時は、など細かな予想も欠かせなかった。

考えすぎて、寝ている時もずっと電卓を叩いている夢を見、目覚めても頭の芯が熱を帯《お》び、どっと疲れた朝もあった。

結局、どうしようもなくなったら売ればいいじゃないか、というところにまで行きついて、やっと決心することができた。幸い、谷中は下町ブームに乗って地価は大きく崩れていない。売ればなんとかチャラにできる、人に迷惑をかけることもない。裸一貫からやり直せばいい。

しかし、そこまで頭を悩ませて決断したのち、晴美をさらに苦しめたのは、周囲の無理解と嫉妬だった。

まず、いったいどこから聞きつけてきたのか、まわりの住民が騒ぎ始めた。

「あんた、なんでもでっかいビルのオーナーになるんだってねぇ。ボランティアも丸儲《まるもう》けっていうか、焼け太りみたいなもんだね。税金だってろくに払ってないんでしょ」

そんなことを言ってきたのは、近所の洋品屋の女性経営者だ。きついパーマをかけて、濃い紫の大きなサングラスを室内でもはずさない。一度、高価だけど流行遅れの派手なワンピースを売りつけられそうになり、さりげなく断ってからというもの、ずっと晴美を目の敵《かたき》にしている。

彼女の店には、ひがな一日近所の老女たちがつめかけていて、何やら話している。通勤や買い物で前を通る時は、心がけて笑顔を作って挨拶をするようにしているが、あれこれ言われているのかと思うと身が細る思いがする。店には「夕顔ネット」に出入りしている女性たちも客として行くから何か聞きつけたのかもしれない。

丸儲けだったらあなたの店で買い物しているわよ、と言ってやりたいのをぐっとこらえ、「税金は普通に払っています」とだけ、やっと答えた。ここ数年、晴美は新しい服を格安量販店以外では買っていない。セール価格のものをネットで注文するのみだ。買いに行く時間もお金もないのだ。

彼女のところに話が行けば、街中に広がるのは時間の問題だった。

すぐに両隣から、施工に関する詳しい計画と時期を教えてくれ、と言ってきた。また、取り壊しや建築時に埃《ほこり》や落下物に対してどのように備えてくれるのか、補償や保険はどうなっているのか、という質問もあった。

決して詰問口調というわけではなく、あくまでも「もしそういうことであるなら、一番に教えて欲しい」という申し入れ程度のものであったので、晴美が挨拶をし、詳しい説明は地元に長い不動産屋と建築業者に頼んでことなきを得た。

しかし、ここに事務所を移して以来、隣近所とは極力努力してなじんできたつもりだった。毎朝、前の道路は真ん前と隣の区別なく掃き清め、付き合いも欠かさなかったのに、まだよそ者のように扱われているのか、という懸念は、晴美を密《ひそ》かに疲弊させた。

そのタイミングで、出入りする女性たちにも計画を話すことにした。

実は、晴美をさらに傷つけたのは、彼女らの反応だった。これまで親身になって援助し続けてきたつもりだったのに、ビルが建つ、というだけで、嫌な目つきでひそひそと話す姿が事務所の内外で目立つようになった。

きれいごとを言っても、結局、代表はうちらの支援で儲けているのではないか、ビルのオーナーだなんてうまいことやってる、そんな声がふっと聞こえてくる。

オーナーは私ではない。ビルはＮＰＯ法人の持ち物で、その代表が私だというだけだ、と何度説明しても、声はやむことがなかった。

やめてしまいたい。建て替えだけでなく、ここの代表も何もかも、誰かにゆずってしまいたい。

そうなんども考えた時、晴美の脳裏に浮かぶのは、戦後まもなくからずっと水商売の女性の支援をしてきた、前代表の倉田伸子《くらたのぶこ》であり、この土地と建物をNPOに残してくれた、五十鈴《いすず》加寿だった。

伸子は、NPOどころかボランティアという言葉もない頃から、今の事務所にほど近い場所で、夫婦で支援活動をしてきた人だ。まだ水商売に強い偏見が残る時代だったから、苦労は口では言い表せるようなものではなかったはずだ。

晴美がここに加わった十五年前、夫の倉田義信《よしのぶ》はすでに他界していたが、伸子はいまだ活動の中心にいて、六十歳だった。そんな伸子を陰日向《ひなた》に支えたのが、近所で定食屋を営んでいた、五十鈴加寿だったらしい。

建物は、一階が定食屋となっており、二階が加寿の住居となっていた。加寿の死後整理し、一階を事務所、二階を物置や更衣室として使っていた。二階の一室には、前団体の頃からの荷物や加寿の荷物の柳行李《やなぎごうり》がいくつかあった。何度かの大掃除にもなんとなく手を付けずにいた。

あそこは片付けないわけにいくまい。いったい、何が入っているやら。

仮事務所は、やはり谷中からほど近い古い民家に決まっていた。とにかく、少々手狭でも、できるだけ家賃の安いところを探してくれ、と頼んで、不動産屋が見つけて来てくれた中で、迷いもせず一番安いのを選んだ。平屋で、小さな庭がある木造家屋、八畳間と六畳、玄関わきの四畳半、トイレと浴室、台所の間取りだ。

荷物は六畳に置き、仮事務所の間は誰も泊まらないことにしても、荷物を極力捨てるしか方法がない。家賃は十万円で、晴美たちのビルが建って移動したあとは、そこもまたすぐに改築されるらしい。壊す寸前の場所を不動産屋が大家に事情を話して、頼み込んで貸してもらった。

通常の業務に加え、さまざまな事務手続きを終えて、晴美が二階の加寿の柳行李に手を付けたのは、引っ越しの前夜だった。

すでに一階の事務所の荷物は、他のスタッフによって荷造りされている。掃除は、以前、名古屋の繁華街で働いていた、ミキちゃんという五十がらみのおばさんが上手なのでやってもらった。

ダンボール箱だらけの人気《ひとけ》のない事務所の中、机のまわりを片付け二階に上がった。

スタッフはそれぞれ家族があり、夕方になれば帰っていく。残っているのは、いつも晴美だけだった。自転車で十分ほどの和室アパートに一人暮らしだ。

天井の低い、木の階段をとんとんと上がる。ここを上がるのも、今夜で最後なのだ、と思うと、めずらしく感傷的になった。

よかったんでしょうか。

晴美は心の中の、伸子に話しかける。こんな大がかりなことになって、よかったんでしょうか。

浮かんだ伸子の面影はただ微笑《ほほえ》むだけで答えない。これもいつものことだった。

よかったんでしょうか。

今度、晴美は加寿に話しかける。加寿の顔は、写真でしか見たことがない。伸子とともに、この家の前に立つ写真だ。伸子が気弱に微笑む横で、加寿は怒ったように仁王立ちになっている。

あなたの土地を、こんなふうにして、よかったんでしょうか。

いいのよ。

不思議だ。加寿とは面識がないはずなのに、彼女の方は答えてくれる。

あたしがあげた土地だもの、好きにしていいのよ。あたしだって、同じようにしたわよ。

そう、それは晴美も考えたことだった。女手一つで定食屋を営んでいた、商売人の加寿ならきっと同じことをしたと思うのだ。

ぱちん、と古い裸電球をつけ、二階の奥の部屋の押入れを開けた。

時々、人を泊めたり、休んだりもするので、何組か布団は置いてあるが、荷造りは終わっている。

がらんとした押入れの中に、ダンボール箱と行李があった。

よっこらしょ、と出すと、埃が舞い上がった。

ダンボール箱の中には、古着やタオル、書類、近所の福引か何かでもらったような食器雑貨類がごちゃごちゃと入っている。古着は伸子のものもあるようだが、いつもよく見ていた、夏用の白と紺のワンピースをのぞいて、この際捨てることにした。持ってきた四十五リットルのごみ袋に仕分けしていれる。

行李は三つあった。二つは着物と洋服がぎっしり入っていて、これは加寿のものらしい。きついナフタリンの臭いが染みついている。着物の種類はよくわからないが、どれも地味な柄で、硬い手触りだった。紬《つむぎ》や銘仙《めいせん》といったものかもしれない。古着屋に売るほどでもないようだし、これも処分するしかない。大島らしい一枚と白の割烹着を残して袋に詰める。

三つ目の行李には、ぎっしりと書類が入っていた。土地の権利書だとか貯金通帳だとかの大切なものがあったら捨てるわけにはいかない、と丹念に見るが、幸か不幸か、そういうものはないようである。ほとんどが税金用の領収書や請求書のたぐいだった。こういったものは、加寿が亡くなった時に伸子も調べたはずだから、重要なものがあるはずもなかった。

加寿は定食屋を一人で切り盛りし、亡くなった時も葬式は伸子たちが手配したらしい。生前、何かがあったらここに連絡してくれ、と渡されていた住所に葬式の案内をしても誰も来なかったそうだ。

行李の底から手紙が何通かと、大量のノートが出てきた。

ノートは普通の市販のものらしいのと厚みのある冊子があった。冊子の表紙に大きく「家計簿」と印刷されていた。「模範家計簿」「生活家計簿」などの文字もある。相当古いもののようだ。

市販のノートも表紙に大きく、立派な筆書きで「家計簿」と書かれている。

晴美は年代の古いものを手に取った。

家計簿というものは、現在でもあまり形式が変わらないらしい。「支出」「食費」「娯楽費」などという項目が目を引く。下にメモできる欄があって、そこにも几帳面にこまごまとつづられている。

物の値段はよくわからないから、晴美はそこだけを目で追った。

気がつくと、手足は冷え切り、しびれはじめている。腕時計を見ると、一時間ほど、ほとんど動かずに一心に集中してしまっていたらしい。

晴美は家計簿を行李に戻した。

「これは、捨てるわけにいかない」

そうつぶやいていた。

＊　＊　＊

昭和十七年七月二日（木）
連日の暑さにて、仕事から帰りし善吉さん、銀座にはまだビアホールというものがあるそうだよ、と同僚の方から聞いてくる。行きたいなあ、冷たいビールを飲みたいなあ、とおっしゃる。
加寿、この家計簿のおかげにて、へそくり三円ほどあり、それをお伝えすると、次の休日に銀座に行こう、二人で映画観て、ビアホールに行ってこようじゃないか、と。けれど、お義母さまに、お国がこのような時になんという贅沢かと、叱責を受ける。
結局、へそくりをお義母さまに差し上げ、善吉さんとともにお芝居に行かれることになった。加寿は家にて留守番。

＊　＊　＊

その朝は、いつもより一段と冷えていた。

出社すると、薄暗い廊下に数人の社員やアルバイトが固まって話していた。

「おはようございます」

里里が声をかけるとぴたりと話をやめ、こちらを向いた。

「どうしたんですか、鍵、開いてないんですか」

向けられた顔は皆一様に平静を保ちながら、目の奥が笑っていなかった。

「瀧本さん、鍵預かってない？」

手前にいた、ウェブデザイン担当の女性が尋ねたが、ただ確認のためで、誰も里里が鍵を持っているとは思っていない。誰よりも早く退社するから、預かるわけがないのだ。

「社長は？」

彼女が首を振る。きれいなロングヘアが揺れた。

「まだ来てないの」

「めずらしいですね」

いつもは、誰よりも早く来て仕事をしている。することがない時は、掃除をしている。とにかく掃除が好きな人で、暇だったり、不安になったりすると、体が自然に動くらしい。

だから、会社はいつもピカピカで、特にトイレはきれいだった。

「守衛室に鍵を預けて帰るんじゃないですか」

最後に退社する人が、鍵を置いて帰るのが決まりだった。

「聞いてみたんだけど、なぜか、昨日は置いていかなかったらしいの。うちはいつも社長が最後に帰って、最初に出社するでしょ。これまでも間違えて持って帰っちゃったこともあったみたいなのよね。だから守衛さんもあんまり気にしてなかったんだって。今、警備の本社の方にスペアキーがあるかどうか、問い合わせてもらってる」

彼女は何度も同じ説明をしているのだろう、話によどみがなかった。

しかし、社長は九時を過ぎても出社せず、携帯もつながらなかった。結局、大家が預かっていたスペアキーを出してくれて、中に入れたのは、九時半過ぎだった。

あー、やんなっちゃうわね、体が冷えちゃった、などと口々に文句を言いながら部屋に入ったのは、どこか不安を紛《まぎ》らわすためだったかもしれない。

部屋の奥にある社長の机を見つめた。たぶん、誰もがそうしていたのだと思う。

社長の机の上はきれいに片付いていた。いつもきれいにしている人だったが、普段はたいてい彼女自身がそこにいるので、主のいないデスクはがらんとして見えた。

「写真がない」

そう口にしたのはデザイナーの彼女だったか、それともアルバイトの女の子だったか。

確かに、いつも飾ってある、家族の三人の息子たちの写真立てがなくなっていた。それを見て、たぶん誰もが心のどこかで覚悟したのだと思う。

副社長の京本《きょうもと》さんという、紅一点ならぬ、黒一点の三十代後半の男性が一時間ほどしてやってきて、会社の倒産を告げた。

社長は銀行回りをしているとかで、姿を見せなかった。

京本さんから、雇用保険はしっかり納めていたし、倒産で会社都合での解雇だから、すぐに失業手当が出るだろう、という説明がたんたんと行われた。もともとそういう話し方をする人だったが、この時はさらにそうだった。

営業不振の噂は聞いていた。

というより、お金がない、という言葉はあまりにも日常的に交わされていて、きちんと考えたことがほとんどないほどだった。

資金繰りがうまくいかなくなった。確かだと思っていた取引先が不渡りを出した。連鎖倒産。ぎりぎりでやっていたから受けとめる体力はなかった。

そういうどこかで聞いたことのある言葉が二、三日のうちに激しく交わされて、あっというまに、事務所も閉鎖され、会社はあっさり霧散した。社長は一度も顔を見せず、京本さんが事務的な処置を進めていた。社長はショックが大きくて、とても社員と顔を合わせられないと言っているらしい。実はもろい人だったんだ、と里里は初めて知った。

ぼう然としながら、その期間を過ごした。


「ホワイトスノークラブを愛してくださったみなさまへ
当サイトは諸事情により、三月一日をもちまして、閉鎖させていただきます。

関係者各位には、大変なご迷惑とご心配をおかけすることになりますが、誠心誠意をもちまして諸手続きを進めていく所存にございます。

これまでホワイトスノークラブを応援してくださり、支えてくださってありがとうございました。

(株)ホワイトスノークラブ従業員一同」


社長が考えたという挨拶文を、サイトに載せたのは、里里だった。文章の上に静かに雪が散るデザインにしたい、と京本さんに提案してみたが、シンプルに掲載してと言われ、その通りにした。

文章をアップロードしたら、やっと倒産したのだ、ということが実感できた。

それから、ずっと、家にいる。

こうして、何もせずに家にいられるのは何年振りだろう。

副社長の言葉通り、雇用保険がすぐに下りて、失業手当だけはちゃんと出そうだった。

理由と事情を話すと、ハローワークの人たちは気の毒そうな顔になって、急いで手続きする、と親身になってくれた。それだけは救いだった。

ママが毎日おうちにいるから、啓は上機嫌だ。

里里は昼間からこたつでテレビを観ながら、ぼんやりしている。

何も考えないで、しばらく休んだらどうか。

斉藤さんは言ってくれたけど、次の仕事が見つかるか、わからない。

ハローワークでいくつか求人票を見せてもらったけど、正社員で残業なし、というようなものはなさそうだった。もちろん、派遣会社に登録すれば、すぐにでも働けるところは見つかりそうだが、それなら、失業手当を満期までもらっても同じことだ。

不安を抱えながらも、どこか気が抜けたような気持ちで毎日を過ごしている。

今日はイチゴジャムを煮てみた。

駅前のスーパーで、小指の先ほどしかない小粒のイチゴが、一パック二百五十円だったのを買ってきて、砂糖と一緒に煮るだけだ。

甘い香りをかぎながら、丁寧に灰汁《あく》をすくっていると、なんだか別の世界に来てしまったような気がする。

朝食のトーストに塗ったら啓は喜ぶだろうし、アイスクリームを買ってきて載せたらいいデザートになるだろう。

もしも、専業主婦になっていたら、こんなことを毎日していたのかしら。

これまでプロポーズされたことがなかったわけではない。

もちろん、啓が生まれる前のことだ。

入社して二年目、三年先輩の平原《ひらはら》、という男だった。背がひょろっと高くて、笑うと目元にしわができる。人当たりがよくて優しいから、女子にも人気のある人だった。

時々、部内の飲み会で隣になった時ぐらいしか話したことがなかったのに、社内メールでいきなり「ご飯でも行きませんか」と誘われた。

あんまりぴんと来なかったのだが、人間的に嫌いな人じゃなかったし、仕事上では何度もお世話になっていたから断らなかった。

映画とか、動物園とか、水族館とか、いかにもなデート場所に何度か誘われた。というか、いかにもな場所に行くぐらいのところまでしか、関係が続かなかった。

平原は、穏やかに、けれど、はっきりと結婚の意志を見せてきた。きっと彼の思いやりや男らしさでもあるのだろうけど、重かった。

銀行では、社内結婚をすれば当然、どちらかが退職するのが不文律になっていたから余計だった。仕事をやめたくなかった。

河西隆《かさいたかし》と付き合っていたからだ。もちろん、だから、平原と結婚する、というのも論外のことではあった。

十歳年上の河西には妻も、三人の子供もいた。

心のどこかで、たぶん、彼とは一生結婚できないだろうけど、彼への愛を貫こうと思っていた。それには、仕事をしている必要があった。一人で生きて行けるように。

里里は自分のことを恋愛にたけていたり、情熱的な人間だと思ったことはない。むしろ、そういうことには疎《うと》い、不器用な人間だと思っている。

実際、河西と付き合う前に、男性と関係を持ったことはなかった。そして、啓を妊娠し、今に至っているので、河西以外の男は知らないのだった。

自分の育った家庭が、どうも他とは違うらしい、ということに気がついたのは、いったいいつの頃だったか。

不思議なのは、そこに、例えば、家庭不和、家事放棄、育児放棄、不倫、浮気、夫の多忙、家庭内暴力……そういったわかりやすい単語がどこにも見つからなかったことだ。

母親の朋子は専業主婦でいつもしっかり家事をしていた。父親も普通のサラリーマンで給料も悪くなかったはずだ。父の実家から譲られた土地に結婚とほぼ同時に家を建てた。父は暇ではなかったが、休日を返上して働かなくてはならないほど忙しい仕事でもなかった。家族で旅行したことも何度かある。

それなのに、どうしてか、家の中は冷め切っていた。家族が気安く親しむ、ということがなかった。

いや、父親はそのつもりも理想もあったのだと思う。けれど、母親にその気がまったくなかった。

父親と母親が手をつないだり、肩を組んだり触ったり、お互いの体のどこかに触れているのを見たことがない。

朋子は里里に対してもそうだった。

たぶん、乳児の時分は抱いてくれたこともあったのだろうが、ものごころついてからは、そういう記憶がない。たぶん、一人で歩けるようになってからはほとんど抱いてくれなかったのではないだろうか。

母親に触れたいと、伸ばした手はいつも振り払われた。

父親とも、そういう機会はほとんどなかった。父と娘ということもあろうが、理由はそれだけではない。

あれは、幼稚園に入ったばかりの頃だと思う。

運動会で、徒競走があった。

今もそう大きい方ではないが、当時も体が小さかった。でも、かけっこは不得意ではなく、子供心に「足が速いようだ」という自覚があった。

だからよけい頑張ってしまったのだろう。

ピストルが鳴って一番に走り出したのに、ゴールの手前で足がもつれ、あ、いけない、と思った時には転んでいた。

膝に激痛が走った。大きな声であーん、と泣きたかったのだけど、ぐっと歯を食いしばって立ち上がると、会場が大きな拍手に包まれていることに気がついた。

たぶん、体の小さな里里が一生懸命立ち上がったことに対する、優しい励ましの拍手だったのだと思う。

おかげで泣きもせず、ゴールを走り抜けた。

拍手はさらに大きくなった。

ゴールには、年少組の担任の先生が待っていてくれて、「里里ちゃん偉いね」と言ってくれたけど、それ以上に嬉しかったのは、父親がそこにいたことだ。

「里里！」

「お父さん」

日曜日の運動会だったから来てくれていた。きっと、娘が転んだのを見て、いてもたってもいられず、ゴール付近に走り寄ったのだろう。

「よくやった。偉かったよ」

父親は抱き上げてぎゅっと抱きしめ、頰ずりした。

喜びで胸がいっぱいだった。嬉しいのに、安心したからか、我慢していた涙が出てきて、えーんと声を上げてしまった。

「泣くことないだろう。偉かったんだから」と父親は笑った。

里里は父親の首に力いっぱい抱きついた。

その時のことだ。

「みっともない、なにやってるの！」

朋子の押し殺した声がすぐ横で聞こえて、里里と父親は体が固まった。

二人の横に彼女は立っていて、ぞっとするような、汚いものを見るかのような目をしていた。まるで、父娘の不義の現場を発見した時のような。

驚いた父親は里里を腕から下ろし、二人は二度と抱き合うことはなかった。

あの時の朋子の気持ちが、いまだにわからない。

何がみっともなかったのか。

幼い娘の活躍と頑張りに感動した父親が、人前で抱き上げたことのどこがみっともないのか……転んだことがみっともなかったのか。泣いたことがみっともないのか。はたまた、娘に嫉妬していたのか。

とにかく、朋子のことがずっとわからない。三十二歳の母親になった今でも。

家族は態度だけではなく、言葉でも触れあっていなかった。気楽に口を利く、ということがまずなかった。

父親が会話をしようとしても、朋子がほとんど返事をしたり笑ったりしないので、自然、言葉が消えてしまう。

小学校に通う頃には、家族は報告や連絡など必要なこと以外ほとんど話さなくなっていた。

両親が離婚したのは、彼女が中学生の時だ。

どういう話し合いがなされたのか、朋子と里里が家を出ることになり、父親が家に残った。里里たちは朋子の父親の住む家の近くにマンションを借り、そこで生活した。

父親はのちに子供のいる女性と再婚した。

離婚に際して、父親は話し合おうとしてくれた。けれど、里里は拒否した。

それまでほとんどなんの会話もなかったところに、「話し合おう。説明したい」と言われても戸惑うばかりだった。十四歳で反抗期も始まっていた。毎晩、話し合うために食卓で待っている父親を振り切って二階の自室に走り込んだ。父親がドアを叩いても開けなかった。

あの頃のことを思うと、今でも胸が痛む。どうして話を聞いてあげなかったのだろう。彼はどれだけつらい思いで里里を手放したのだろうか。

そんな育ちの中で、普通の温かい家庭というものをどうしても想像できなかった。けれど、河西隆への愛は実感できた。だから、できた子供を産んで一人で育てようと思ったのは自然な成り行きだった。けれど、もしかしたら、自分の知らない温かい家庭というものを築いている、河西という男への反抗心がどこかにあったのかもしれない……そうだとしたら、あたしはなんて勝手な人間なんだろうか。いや、あの時はそういう決して純粋とは言い難い気持ちがあったとしても、今の啓とはなんの関係もない。そのためにも幸せにしてやらなくてはいけない。

そこまで考えて、夕方近くなっていることに気がついた。

そろそろ、啓のお迎えに行かなくてはならない。

イチゴジャムをビンに移していると、甘い匂いに気持ちが落ち着いてきた。

けれど、家を出ようとクローゼットを開けた時、また気持ちの揺れがぶり返した。

三浦晴美、という女性が送ってきたノートの束が入った封筒が目に入ったからだ。あの時、彼女からの手紙だけを読んで突っ込んである。

玄関先で靴を履きながら文面を思い出していた。一度読んだだけでも、決して頭から離れなかった。

「五十鈴善吉様、ご家族の皆様

拝啓

はじめまして、わたくし、NPO『夕顔ネット』の代表をしております、三浦晴美と申します。

急にこのようなお手紙を差し上げるご無礼を、お許しくださいませ。

わたくしども、『夕顔ネット』では、五十鈴加寿様が十五年以上前にお亡くなりの際、遺言によりご寄付いただきましたご自宅で活動させていただいておりました。

先日、老朽化により、当建物を建て替えることとなり、取り壊しのため、自宅の二階部分、加寿様が生前ご住居としてお使いになられていた部屋の押入れを整理させていただきました。すると、柳行李の中から家計簿が見つかりました。

同封したものは、その一部でございます。

失礼ながら、何冊か、中をざっと確認させていただきました。そして、これは他人が勝手に処分はできないと思って、ここにお送りした次第でございます。

家計簿はこれから数か月、夏の頃までは保存しておきます。その後、ご連絡がない場合は、こちらで処分させていただきますので、必要がありましたら、電話で結構ですので、ご一報いただけるとありがたいです。

まだ、寒さの厳しい折、善吉様、ご家族の皆様、お体ご自愛くださいませ。


敬具」

祖父の善吉と母親の朋子の家族であったという、五十鈴加寿という女性は何ものだろう。祖母は、朋子が子供の頃、外に男を作って心中した、と聞いている。だったら、別の女性なのか。

朋子が家族に冷たいのは、祖母の心中が関係していないわけはない、とずっと考えていた。

朋子に電話なり、メールなりして尋ねれば、すむことかもしれない。けれど、これまでの関係の中で、そんな話し合いがうまくいく気もせず、また、添えられていた手紙を見れば、話したくないということがわかる。だいたい、このノートを送ってきたことだけでも、普段の朋子の態度からしたら驚愕のできごとだ。

やはり、あのノートの束を開けてみなければならないだろう。ならば無職の今しかないだろう、と思いながら、なんとなくずるずると先延ばしにしている。

明日にしよう。明日はあれを開けよう。

そう心に決めて、保育園に向かう自転車にまたがった。

＊　＊　＊

昭和十七年十月十二日（月）

善吉さん、出征《しゅっせい》。私はただただ泣くばかりで、その顔は外には見せてならぬと、お義母さまから叱責。けれども、お義母さまも布団で昨夜泣いていらしたのを知っている。善吉さんより、母を頼むと。これからは、お義母さまを実の母とも思い、お守りするよし。

＊　＊　＊

加寿の家計簿を身内の人に送りたい、と相談すると、事務所の人間は皆、強く反対した。特に経理を任せている、ベテランの曽我の反対は強固だった。

「そんなこととして、この土地の権利を主張されたら、どうするんですか。裁判沙汰にでもなったら」

曽我はいつもかけている度の強い近視の眼鏡をずり上げながら言った。老眼も入ってきていて事務仕事をする時には老眼鏡にかけ替える。以前はからかったりしたものだった。

老眼鏡の方で遠くを見ているのに気がつくと「手元以外に使うと目が悪くなるらしいですよ」と注意することもあった。けれど、今はとても言えない。そんな関係にいつのまにかなってしまった。

「でも、加寿さんが亡くなった時は、きちんと、弁護士を通した遺言状もあって、書類も完ぺきなはずよ。曽我さんも立ち会ったんでしょう」

曽我は古参のメンバーの一人で、晴美よりずっと昔から会に関わっていた。生前の加寿のことも知っている。前代表の倉田伸子が亡くなる前に、次の代表になるのは曽我だろうと誰もが思っていたし、晴美もそうだった。けれど、なぜか倉田が指名したのは、曽我ではなくて晴美だった。

「十年も経ったら代も替わってますし、気持ちも変わってるかもしれないでしょう。もちろん、裁判になったら勝てるでしょうが、面倒なことは極力なくした方がいいです。寝た子を起こすようなことになったら」

「お葬式の時にも、一応、その五十鈴さんという人に連絡したけど、来なかったそうじゃないの。弁護士が訪ねた時にも、まったく赤の他人だから関係ないって言って遺産も放棄したって」

「だからこそ、いまさら、古い家計簿なんて見せる必要ないんですよ」

そうかもしれない。だけど、必要ないとも言えないではないか。

「谷中の六十坪の土地が、どれだけの値段になっているか、代表は知っていますか。お金というのは、人を変えます。私はそういう人をいっぱい見てきました。遺産相続でめちゃくちゃになった家族も。残念なことですが真実なんです。代表は甘すぎます」

「でも」

晴美は会の中で誰よりも曽我を信頼していた。頼りない自分が代表になってから、どれだけ曽我に助けられたかわからない。

けれど、「晴美ちゃん」と親しんでいた彼女が、継いだとたん、「代表」と呼ぶようになって、どんなに頼んでも変えてくれないのだけは、なんだか腑に落ちなかった。響きにどこか冷たいものが混じっているのを時々感じて、背筋がひやりとすることがある。けれど、一瞬ののちに聞き直すと、消えているのだった。

「とにかく、勝手なことはしないでくださいね」

そう強く念を押されたのに、引っ越しのどさくさに紛れて家計簿を五十鈴善吉という男の家に送ってしまった。何よりも直筆で一日一日克明に書かれているものを、勝手に捨ててしまうことに抵抗があって、その任を負うことに耐えられなかった。

家計簿の中の加寿という女性にひかれるものがあった。皆から聞く、谷中で定食屋をやっていた加寿とは少し違っていて、いったいどんな人生の末にここにきたのだろうと推測せずにいられない。

晴美自身も故郷の母親以外に、家族がない。夫も子供も一度も持ったことがない。母親が死ねば、天涯孤独の身の上だ。それを承知で生きてきたはずだけど、時々、ふっとさびしくなる。死んだあと、何も残らないのが。

家計簿のことは、晴美が代表になってから曽我に反抗した唯一のこととなった。

＊　＊　＊

昭和十七年十二月十六日（水）

国民小学校六年時の担任、飯田《いいだ》辰一《しんいち》先生ご訪問。現在、教頭先生をされているよし。加寿さんに、代用教員をお願いできないか、とのお申し出。成績、しつけ、筆跡、いずれも加寿さんをおいて他に適任者はいないとおっしゃる。お義母さまは、戦地の息子に聞かなくてはご返事できないとのご返答。

おかず　ふきの煮物、みそ汁

ふきは、早朝まだ暗い河原で、加寿が取ってきたもの。

先生にふきの半量を差し上げるも、お帰りのあと、お義母さまに、見栄っ張りの嫁をもらって善吉は不幸なこと、と叱責される。

2

東京に桜開花のニュースが流れた朝、啓を保育園に送って行ったあと、里里はついにあの包みを開けることにした。

洗い物をしたあとだから手はきれいだ。それでも、エプロンで拭《ふ》きなおす。二人の食卓であり、テーブルであり、学習机でもあるこたつに三浦晴美からの郵便物を置く。冊子は五冊あった。ほんのり古いものの匂い……畳や押入れ、仏壇や線香の匂い、どこか懐かしいとさえ言える匂いがした。

上に載っていたのは、表紙に縦に大きく「昭和十七年　模範家計簿」と印刷された冊子だった。手ずれや黄ばみがあり、何度も何度も開いたり閉じたりして頻繁に使われていたことがわかる。ただ、破れや大きな汚れはなく、大切に扱われてきたもののようだった。

この時代にも、こういうちゃんとした家計簿ってあったのね。

興味深く見つめた。

彼女自身は家計簿をつけていない。つけた方がいいとはわかっていて、スマートフォンの無料のアプリをダウンロードしたりはするのだけど、いつも挫折《ざせつ》してしまう。今は、一日に使うお金は、だいたい千円程度と決めてやりくりするぐらいで、あまり守られていない。

何より無駄遣いしてしまうのは、啓のおやつ代で……仕事帰りに保育園から啓を引き取りスーパーに行ってしまうと、必ず何かねだられてしまう。啓自身の未来のためにも、一円だって貯めた方がいいのはわかっているのだけど、そんな時はたいてい疲れ切っているし、保育園に預けっぱなしの娘がどこか不憫《ふびん》で「一つだけよ」と言い聞かせてかごの中に値段も見ずに放り込んでいた。小さなものだけれど、中にはさまざまなおまけが付いて数百円するものもあり、一か月で合計すると数千円以上の出費となる。しかし、仕事をやめて家にいるようになると、昼間スーパーに行くことができるようになって、自然と減っていた。

働く主婦と専業主婦と、実は経済的にはあまり変わりがない、というのは時々雑誌や何かで耳にすることはあるものの、これまで信じてこなかった。けれど、一理あるのだな、とこういう立場になって思っている。外に出るとなると、化粧や洋服も必要だし、何より、料理にかけられる時間や手間が違う。

とはいえ、現状では働くこと以外選択肢はないのではあるが……。

家計簿を前に一瞬のうちに考えたのは、そんなことだった。

この女性は、里里型なのか、それとも、専業主婦型なのか。

胸が痛いほど高鳴っている。この人はあたしのなんに当たる人なのだろう。

家計簿を見るという作業は、究極ののぞき見なのかもしれない。なんだか、申し訳ないような気がする。逆の立場に立ってみれば、主婦として今の家計状況を、誰かに見られるというのは抵抗がある。

背筋が自然に伸びた。せめて態度だけでも、のぞき見じゃありませんよ、とでも言い訳するかのように。

＊　＊　＊

昭和十八年一月八日（金）
買い物から戻ると、善吉さんから手紙の返事あり。表にはっきりと「加寿様」の文字。けれど、お義母さまがすでに読まれたよしにて、封が切られていた。
善吉さんは、国民学校教諭《きょうゆ》の件、よきこととて、承諾してくれた。お義母さまからは、今夜はなんのお言葉もなし。

＊　＊　＊

三浦晴美は、定期的に思い出す仏像がある。

仏像だというのは、なんとなく見た時にそう思ったからであって、あれが仏像だったのか、違う何かだったのか、というのは、今となってはわからないのだ。

確か、西麻布《にしあざぶ》の骨董《こっとう》店に陳列されていたもので……いや、むしろギャラリーと言ってもいいようなしゃれたシンプルな店構えだった。博物館にあるようなガラスケースの中に、それはあった。

人差し指ほどの大きさで、石像だったと記憶しているが、確かかどうか。木像だったかもしれない。わきに添えられたカードに、石像、百済仏《くだらぶつ》とメモされていた気がするのだが、記憶の映像の、その部分に焦点を当てようとすると、ふっと消えてしまう。

はっきりと覚えているのは仏像の柔和な微笑みを浮かべた顔と、三十八万円という値段だけだった。

友人との待ち合わせの時間に早く着きすぎたかで入ってしまった店だった。それなのに微笑みを見た瞬間に、「欲しい」と思った。表情さえもほとんどこすれて消えてなくなりそうになっていて、下手をすると一片の石か木のかたまりにしか見えない。しかし、だからこそ微笑んでいるようにも憂《うれ》いを含んでいるようにも見える。

店に晴美以外の客はほとんどいなかった。その後、そこに通った時も同じだった。店員の記憶もあまりない。中年の女性が端の机の前に座っていたが何かを書いているのか読んでいるのか、顔をふせたままだった。

三十八万という金額は丸の内のOLには贅沢ではありながら、出せない値段でもなかった。そのぐらいの貯金はあった。

数回通っては見つめた。永田義道《ながたよしみち》と出会い、彼との一連の出来事ののち、二年ほどして見に行ったらなくなっていた。売れてしまったのか、ただ品物を交換していただけなのか。尋ねる勇気はなかった。

あれを時々、思い出す。

買っておけばよかった。ああいうものは、同じものには二度と出会えないのだから、と悔やむこともあれば、いや、あんなものは買わなくて正解だった、もしも手に入れていたら、今頃持て余していただろう、と思うこともたびたびだった。

その感情は、密かなリトマス試験紙となっていた。

後悔する時、安堵《あんど》する時、変化には必ず、時々の感情が関係していると思えた。

しかし、それが何を表しているのか……例えば、買えばよかった、と思う時には、永田と出会ったことを後悔している、とか、買わなくてよかったと胸をなでおろす時には今の人生に満足している……といったような、はっきり説明できることはないのだった。

強いて言えば、これまでの生き方を（主に永田との別れのあとの）肯定的に考えているのか、否定的に考えているのか、という指標かもしれない、と感じていたが、具体的に仏像購入の是非とどうつながるのかわからない。

ただ、一年に一度ほどふと思い出して、「買えばよかった」と思っているのか、「やめてよかった」と思っているのかを、心の中で確認するだけなのだ。

そして今は、「買わなくてよかった」の方だ。

仮住まい生活を終え、新しく建て替わったビルに移ったのは、ほんの一週間前だ。

ありがたいことに、建て替え中にテナントの応募があり、一階には「つれて帰ってにゃん」という大きな看板を出した、猫グッズの専門店が、二階には工務店の事務所が入ることになった。

正直言って、「猫グッズ」の専門店の方の先行きが不安で仕方がない。そこには、猫の置物や文房具、箸置きをはじめとした食器類、バッグやTシャツ、子供用の靴、日本のものから海外のものまで、ありとあらゆる猫たちがそろっている。

しかし、こんなものを買う人がそんなにいるのだろうか。

不動産屋が話を持ってきた時から、そう思わずにいられなかった。よく話を聞いてみると、鎌倉にも同じ店を出していて、こちらは二号店だという。ならば、なかなかに繁盛《はんじょう》している店なんだろうと、了承することにした。

契約前に仮住まいまで挨拶に来たオーナーは大きな色つき眼鏡をかけ、そこにチェーンを下げている、苦手なタイプの中年女性だった。着ているワンピースもオレンジと赤の花模様で、太った体に似合っていない。何より、仮住まいの家の中をじろじろとくまなく眺めている様子に腹が立った。

「すみません。今は一時的にこちらにお世話になっていまして」

さりげなく声をかけるも、「ああ、それで、こんなところに」とつぶやいて、ダンボール箱が積み上がったあたりや、机の上の書類などを眺める。

「鎌倉にも店があるそうですね」

と、声をかけると、

「はあ。あちらは閉めまして」

と、晴美が出したお茶を飲んで、平気な顔でうなずいた。

え、二号店じゃなかったんですか。思わず出そうな言葉を飲み込んで、不動産屋を見ると、困った様子で目をそらす。

なんでも、こちらの店舗が決まってから、向こうの方は閉店したとしゃらりと答える。まあ、契約違反じゃないし、話をさらに聞けば、夫がいくつかマンションを所有している土地持ちで、税金対策か、彼女の趣味の延長なのかで、店をやっているそうだ。

家賃の取りはぐれはなさそうだけど……簡単に店を閉じたり開いたりされたら堪《たま》らないな、と思わずにはいられなかった。新築物件であるのは建てたばかりの一度だけなのだし、店がつぶれて、あそこは場所が悪い、などと噂をたてられても困る。それ以上に、やる気があるのかないのか、どうにも気にいらなかった。

けれど、決まってしまったものはどうしようもない。また、不動産屋に、「こういうかわいいものが置いてある店の方が、おたくに来る人たちも入りやすいんじゃないですか」と言われ、大きなお世話だと思いながらも、確かにそういう一面はあるかもしれない、としぶしぶ同意した。

ビルがオープンしてみれば、店の方にオーナーはほとんど寄りつかず、アルバイトなのか親戚なのか、猫の柄のトレーナーを着た若い女の子が数人、代わる代わる店番をしている。

晴美も一度だけ行って、ガラスでできた猫の文鎮を買ったが、なお、こんなものがそう売れるのだろうかと、不思議でならなかった。けれど、下町に猫、というのは、よく似あうらしく、一度は雑誌の取材を受けたそうで、土日などは結構人が入っている。

二階は、もともと谷中の奥の方で、自宅の一部を使ってやっていた工務店の事務所だった。息子夫婦などが同居することになって、手狭になったから店舗を移したもので、不動産屋も太鼓判を押す、「手堅い店子《たなこ》」であった。朝早くから夜遅くまで、実直で真面目そうな社長と息子が通ってくる。

晴美が挨拶に行った時には、二人が並んで同じサイズの手作り弁当を広げているところで、大いに恐縮されながら、深く体を折るように頭を下げられた。こちらの方はなんの心配もなさそうだった。

引っ越しを終えて事務所の中を整理し、自分の机の前に座った時に思った。

あの仏像はやっぱりいらなかった、と。

引っ越し、建て替え、引っ越し、新事務所開設、と物入りが多く、一円でも大切な時期だというのもある。けれど、この事務所にはあれを置く場所なんてどこにもない、というのが一目瞭然だった。

いらない。私はあれがいらない場所に、今、いる。

昭和十八年一月十一日（月）

学校には、善吉の自転車を使って行きなさい、とお義母さまに言っていただいた。

＊　＊　＊

＊　＊　＊

家計簿昭和十七年版は、開くと一ページ目に、氏名、生年月日の欄《らん》があって、そこには五十鈴善吉を始めとした家族と思われる名前が、生真面目な字で記されていた。

五十鈴善吉　大正九年五月二十三日
五十鈴とめ　明治三十三年七月二日
五十鈴加寿　大正九年十月六日

善吉、というのは、確かに、朋子の父親だ。

やはりこれは、里里の祖父、善吉とその家族の家計簿のようだ。とめ、というのは、里里からすると曽祖母《そうそぼ》にあたる人物なのだろうか。

祖父は気難しい人だった、というイメージしかない。里里たちは祖父の家の近くのマンションに住んでいたものの、会いに行ったことは数回しかない。

気難しいというより、無口だったのかもしれない。とにかく、朋子の父親、というイメージがしっくりくる人で、二人は親しみづらいというところがよく似ていた。孫なのに、かわいがられたり微笑みかけられた記憶がない。

数年前に亡くなり、今、家は朋子が一人住んでいる。加寿という人の名前は初めて聞いた。

祖母は朋子が幼い時に亡くなった、と小さい頃からずっと聞いていた。法事は一度もやった覚えがなかったが、大昔に亡くなった人だから、そういうものなのだろう、と深く考えもしないでいた。

しかし、あれは中学生の時、父親の家から出た頃のことだったか。

親戚の法事の席だった。確か、善吉の弟の十三回忌だったはずだ。大きな寺で読経《どきよう》が終わったあと近所の料理屋へ皆でマイクロバスに乗って行くことになった。あの日、母親の朋子は出席していなかった。離婚したばかりで親戚の前に顔を出しづらかったようだ。

そんなことはまったく気にもかけないような人でも、やっぱり嫌なことはあるのだ、とおぼろげに驚いた覚えがある。

マイクロバスは満員になり、法事の間、始終、人とは離れ気味に行動していた里里と、朋子の従妹の凪子《なぎこ》が乗り遅れた。では、私たちはタクシーで追いかけます、と凪子が振り返って微笑んだ。

寺が呼んでくれたタクシーはすぐに来て、二人は乗り込んだ。

「朋子さん、お元気?」

凪子は乗り込むとすぐに火をつけた煙草の煙を吐き出しながら、興味もなさそうにつぶやいた。

凪子は善吉の弟の末娘だった。一度結婚したのだが、実家に戻ってラウンジに勤めている、と聞いたことがある。ラウンジというのは、つまり水商売ということだ、と朋子が口をゆがめて話していた。

「はい」

里里は短く答えた。

「いろいろ、大変でしょう」

一年ほどの間に起きたさまざまなことを、いろいろ、というひとことで済ませる彼女の大雑把なところが嫌いではなかった。けれど、胸元が透けるようなレースの喪服を見ていると、やっぱり、この人は水商売なのだ、と思う。いずれにしろ、好んで話したい話題でもなかった。

「うちら、そういう家系なのかもね」

「え」

「善吉さんの奥さんも、心中したんでしょ」

「え？」

驚いて、初めて凪子の方を見た。

「あれ、知らなかった」と言いながら、そう驚いたふうでもなかった。「まずかったかな」とあまりまずくなさそうに肩をすくめた。

「知りません。初めて聞きました」

「まあ、あんたも大人だし、親にああいうことがあったんだから、別にいいよね」と一人うなずいた。「善吉さんの最初の奥さん、朋子さんのお母さんね。男と逃げて、心中して帰ってこなかったんだよ。そのあと、後妻《ごさい》さんをもらったんだけど、うまくいかなくてすぐに出て行っちゃって」

「そうだったんですか」

「そう。だから、あんたのお祖母《ばあ》ちゃんの法事、やらないでしょう」

「はあ」

驚いたことは驚いたけど、正直、中学生の里里にはどうでもいい話でもあった。

「あたしが言ったって、言わないでね」

「はい」

「朋子さんにも」

「はい」

「ま、無理か」

「どうしてですか」

「里里ちゃん、話すでしょ。お母さんには」

凪子は薄く笑った。

「母娘ってついなんでも話しちゃうもんねえ」

「いいえ、話しません」

「まあ、どっちでもいいけど」

彼女は彼女で、朋子が自分に好意を持っていないことを知っていたのかもしれない。

「話しませんよ」

「そうなの？　あたしが里里ちゃんの歳の頃には、なんでも母さんに話したけどね」

答えずに、窓の外を見た。

「里里ちゃんて、かわいい名前だね」

なぜか、唐突に話が変わった。一瞬で興味が別のところに振れる。凪子はそういう人だった。

「父が付けたそうです」

「あ、そう」

「母がユリの花が好きだから」

彼女はちらりとこちらを見た。離婚したあとでは、その名前もどこかむなしくなっているのに気がついたのだろう。

その視線をはねつけるように、里里は背筋を伸ばして外を見ていた。けれど、父親の気遣いをまったく意に介さず、なじもうとしなかった母親のかたくなさに自分が一番いらついているのだとわかっていた。

妊娠して啓が生まれたあと、あの人だけがお祝いをくれた。朋子を通して転送されてきたっけ。

うちら、そういう家系なのかもね。

「御祝」と書かれた包みを手にした時、あの諦《あきら》めたような微笑みがよみがえった。

この家計簿を書いたと思われる、五十鈴加寿、という人は後妻なのか。最初の妻なのか。いや、朋子は昭和二十三年生まれなのだから、祖母が心中したのはそのあとのはずだ。ということは最初の妻なのか。最初の妻だったら、心中せずに生きていたということなのか。また、別の人がいるのか。何かからくりがあるのだろうか……。

次のページからは、こまごまとした家計の記録となっていた。

この家計簿をつけた女性である、加寿という人は、几帳面な性格らしく、毎日の食費が事細かに記されている。

同じ女性で家庭を守るものだから初めは数字を興味深く見つめていたのだけれども、豆腐五銭などという値段が毎日続いていると、高いものだか安いものだかもわからず、集中力が途切れそうになる。

それでも、時折、たんぽぽ、川辺で摘む、零《れい》円、などと書かなくてもいいことを書いているのを見ると、ふっと微笑んでしまう。そこには、ただでおかずを調達した気持ちのはずみや、加寿という人のユーモアのセンスが含まれているような気がした。

ハンバーガーショップのスマイル0円、のような。

欄外に備考欄があって、七、八行ほどの日記のような、メモのようなものを書くことができるようになっていた。一ページ目には、「お義母さまが、この家計簿を買ってきてくださった」とあって、この家計簿を義理の母親から渡されたのだ、ということがわかる。他に日々のおかずや、近所の人に教えられた簡単なレシピのメモなどもある。

あの日、瓜子から聞かされた、祖父の最初の奥さん、とはまったく違った人物像が、家計簿の中に浮かび上がっていた。

＊　＊　＊

昭和十八年三月三十一日（水）

「南町国民学校助教諭ヲ命ス。月俸三十二円給ス」との辞令をいただく。二年生の担任、六十五人学級のよし。

＊　＊　＊

三浦晴美は、新しく相談に来た女性と向かい合って座っていた。

目の前の若い女は、恥ずかしげにうつむいている。化粧気のない頰をほのかに染め、フレアスカートの膝をきっちりと閉じて、不安げに両手を膝の上で握りしめている様子は、新入社員と言っても通用しそうなほど、フレッシュで若々しい。二十六歳だということだが、十代にしか見えない。

「あたし……ここに来るまでに、迷って迷って……なかなか来られなくて」

「気楽にしてね。ここには、気を遣わなきゃいけないような人は誰もいないんだから」

「電話をする勇気も出なくて、一か月ぐらい悩んで」

「力を抜いて。お話なら、なんでも聞くから」

こっくりとうなずく表情もあどけなくかわいらしい。女同士なのに、大丈夫大丈夫と、肩を引き寄せたいような気持ちになる。

「でも、いろいろな人からお話を聞いてみた方がいいかと……自分の人生だし、これからのために」

「ええ。ええ、もちろんそうよ」

彼女を勇気づけるためににっこりと笑って力強くうなずいた。「なんでも相談してください。私たちにできることならお手伝いしたいし、多少の経験もあるからアドバイスもできると思うの。でも、無理強いもしないつもりだから安心して」

「ありがとうございます」

それにしても、彼女は若い。水商売や風俗の仕事を終えた女性たちの第二の人生を援助してきた夜のハローワーク、「夕顔ネット」には、さまざまな年齢層が出入りするものの、やはり四十代以上が圧倒的に多く、次は三十代後半だ。彼女のように二十代でやってくる女性はめずらしい。とはいえ、そういった商売の、第二の人生を応援する、という意味では彼女もしっかりとあてはまっているのだ。

彼女は、引退した超有名AV女優なのだから。

悠木南帆《ゆうきなほ》、という名前で活動していたものです、と事務所に電話があったのは、先週のことだ。けれど、晴美をはじめとした「夕顔ネット」の人間は女性ばかりだから、顔も名前も、誰も知らなかった。AV女優なんです、先日引退した、と言われて、電話に出た曽我が慌ててパソコンで名前を検索してやっとわかったのだ。

「あー、この人なら知ってます」

大学生で、ボランティアとして手伝いに来てくれる、真菜《まな》という女の子が素《す》っ頓狂《とんきょう》な声を上げた。

「深夜のテレビ番組にも出てるような人ですよ！　引退した時、ネットのニュースになってたし。すごい人気で、引退セレモニーが秋葉原《あきはばら》であって、びっくりするぐらい人が集まったって。アジアでも人気で、中国からわざわざ来た人もいたそうです」

「へえ。そんなすごい人なの」

「あら、この人？　きれいな人ねえ。今はこんな人も……」

事務所の皆は口々に言い、彼女の画像を検索しては覗きこんでいたけれど、晴美は見なかった。会う前に先入観を持ちたくなかったのだ。

これまで、若い頃にAV女優をしていたホステスだとか、グラビアをやっていた風俗嬢というような女性には会ったことはあっても、ここまで本格的に、直近までその仕事をしていた、というのは初めてだった。

けれども、彼女の初々しさ、瑞々《みずみず》しさときたら、どうだろう。

数々の水商売の女性たちと会ってきて、晴美は、彼女たちの内に秘めた純情も誠実さもよくわかっているつもりだ。けれど、その一方で、どれほど若く幼く純粋に見える女性でも、一片の計算高さや図太さ、世慣れた処世術というものを隠し持っているのも知っている。それこそが、いわゆる「すれた」と言われるところなのかもしれない。でも、そんな計算高さは、世の女性なら皆持っているものなのだから、水商売も素人の女性も変わらないとも言えるが……。

しかし、彼女には普通の女性にさえあるようなそれさえも見あたらない。

「あたし、東京に出てきて、専門学校に通っていたんです」

本名は野村《のむら》みずきです、と名乗ってから話し始めた。あらまあ、かわいい名前、と褒めると、にこっと笑った。

「地元じゃ、就職先はないし……公務員や銀行員になれるほど頭よくないし。介護の勉強もいいかと思ったんだけど、おかあちゃんがしているから、きっとあたしも歳をとったら介護の仕事をすると思ったの。だったら、若いうちは違う仕事をしたいなって。東京に出てきちゃいました」

「みずきさん、話したくなかったら、無理して昔の話をしなくていいのよ。そうでなくても、相談には乗れるから」

やんわりくぎを刺す。そういったことは、機会があれば、そして本人の希望があれば、これからおいおいわかればいいことで、決して最初から必要なことではないからだ。あまりにもあけすけに話してしまって、つらくなったり気まずくなったりして、会から遠ざかる人もいるから、用心していた。

「いいんです。聞いてもらった方が、きっとあたしのこと、わかってもらえるし」

「そう。では、うかがうけど」

「あ、すみません。もしかして、三浦さんお忙しいんじゃないですか。お時間がなかったら、あたしの話なんか……」

みずきははっとしたように、両手を口に当てた。しぐさがまた、なんともかわいらしい。男なら、一瞬で恋に落ちてしまうだろう。

「いえいえ、大丈夫」思わず、微笑んだ。「今日の午後は、みずきさん以外には相談の方は入っていないから」

「じゃあ、すみません。長くなるかもしれないけど」

「大丈夫。何時間でもどうぞ」

「今思うと、東京のこともなんにも知らないで出て来てしまったんです。犬のトリマーの学校です。入学金は親が出してくれたけど、授業料も生活費もバイトして自分で払うって約束で」

あとは、お決まりの物語だった。

ウエイトレスのアルバイトでは、朝から晩まで働いても授業料と生活費を稼ぐのはむずかしかった。何かもっといいバイトはないかと携帯電話のサイトを探していたら、モデル事務所が見つかり、高額時給のパーツモデル募集の広告があった。最初は躊躇《ちゅうちょ》していたものの、上京のさみしさで両親や地元の友達に電話をかけまくっていたら、携帯の通信費がとんでもない額になり、払えなくなった。ついにパーツモデルの事務所に面接に行き、そこでAV女優に誘われた。

「でも、とってもきれいなんです。うちの事務所って」

みずきは、急に目を見開いて、嬉しそうな表情になる。

「明るくて、若い人がいっぱい働いていて……あ、皆、スーツなんです。かっこいいなあ、本当の東京の人が働いているところだなあって思いました」

「本当の東京の人？」

「あたしが、地元で想像していた本物の東京の人です。きれいなオフィスで働いている。若い男の人だけじゃなくて、女の人もいて、きゃっきゃ、きゃっきゃしてて。ここよりもずっと明るくて」

言ってしまって、みずきはまた、あっと口を手でふさいだ。

「いいのよ。でも、ここもこの間建て替えたばっかりなのよ」

晴美は苦笑する。

「あ、ごめんなさい。でも、そうなんです……ここよりも、広くて、きらきらしてて若い人がいっぱいいて……あたし、バカみたいだけど、そういうのに、すごく憧れてたから」

「大丈夫。私もそういう気持ち、わかる」

「そうですか？　面接したら、すぐに採用になって、あの、でもやっぱり、パーツモデル、手とか脚とかだけじゃ、あんまりお金にならないよって言われて、アダルトビデオのことを説明されました。あたし、正直その時には、話してる意味がよくわからないぐらい、何も知らなかったんです。あの……アダルトビデオにはいろいろ種類があって、いろんなプレイがあるんですけど、どれができて、どれができないとか契約するんですけど、意味もよくわからないぐらいで」

「ああ、プレイ……」

みずきは、無邪気にいくつかを挙げたが、四十二の晴美もおぼろげながらにしか内容はわからなかった。その表情を見た彼女は、まるで子供が機械音痴の親に新しい携帯の使い方を教えるかのように、嬉しげに説明した。戸惑いながらも顔に出さないようにして、聞いていた。

「でも、最初から、企画単体女優になれるのってなかなかないらしくて」

言葉の意味がよくわからないとまた素直に告げた。女優には、単体、企画単体、企画と分類があって、一番いいのが単体で、アイドルのような扱いを受けるらしい。

「最初はびっくりしたんですけど、田舎の母に相談したら、お前がやりたいならいいんじゃないかって言ってくれて。お前の自己表現なら、頑張れって応援してくれて」

「自己表現」

思わずくり返してしまった。彼女の親なら、晴美とあまり歳も変わらないだろう……自己表現か……。

「一本出たらすぐに人気が出て、単体になったんです。たくさん契約していただいて、どれも売れて……」

「すごいわね。美人だものね、みずきさん」

「気がついたら、五年経ってました。正直、最初は、契約した分が早く終わらないかなって思ってたんです。早く終わらすために、一生懸命にやりました。だけど、契約が全部終わって引退したら、なんだか、これからどうしたらいいのか、わからなくなっちゃって」

「では、続けるってこともできたんですか」

「はい。事務所の人も勧めてくれたんですけど、でも……最初に契約しただけって決めてたし、ずるずる続けるっていうのも、なんかダサいなって思ったし。あと、人気もだんだんなくなってきてたし」

みずきは舌をぺろっと出す。その舌がまた、ほれぼれするような透明感のある薄ピンク色で、なんとも美しかった。

「去年の十一月に引退セレモニーして、やっとせいせいしたーって思ってたんですけど、ずっとずっとその日を待ってたんですけど、でも、気がついたらぼんやりマンションにこもるばっかりで。そしたら、こういうところがあるって、友達に教えてもらって……」

「そう。相談してくれて、ありがとう」

軽く頭を下げると、みずきは照れたように両手を頬に当てた。また震《ふる》い付きたくなるほど儚《はかな》げだった。

「みずきさんは、これからどうしたいのかな。希望とかある？　もちろん、なにも決まってなければそれでもいいし、してみたいことがあれば、なんでもいいから話してくれるといいんだけど」

「あたし、バカだからあんまりわからないんですけど……」

「いいえ、あなたはバカじゃないわ」

強く断言した。みずきは驚いたようで、目を見張ったが、すぐに嬉しそうにまた薄桃色の舌を出して笑った。

「具体的にはなにも」

「そう。じゃあ、こちらでは、いろいろ職業訓練とかプログラムとかあるから、そういうの、受けてみる？　受けているうちに、だんだんしてみたいことがわかってくるかもしれないし……ここに出入りして、まわりの人の話を聞いているうちに、やりたいことが見えてくるかもしれないよ。それから、そうねえ」

晴美は、考えながら話した。

「したいことがなかったら、したくないことを考えてもいいの。これだけはしたくないってことを話していたら、したいことが見えてくることもあるのよ」

「あたし、人と話すの……あの、男の人と話したりするの、苦手なんです。一度、女優やる前に、キャバクラの体験入店もしたことがあるんですけど、お話しするのが苦痛で苦痛で。だから、そういう仕事はしたくないです」

ああ、そうか、と気がついた。この子は、上京してから、専門学校とアルバイトと、AVの仕事しかしてないんだ、他の世界を何も知らないんだ、だから、こんなに物慣れしていないのかもしれない。

「わかりました。もちろん、水商売をしたくないならいいのよ。水商売も若いうちはいいけど、四十過ぎるとなかなか次の仕事が見つからなくて、皆さん、苦労するの。だから、こういう団体があるんですから」

「はい。あの……」

「なに？　なんでも言ってみて」

「あたし……きっと、そんなのバカみたいだ、お前なんかが無理だって言われると思うけど」

「なあに？　どんなことでもかまわないから」

「あたし……あの」みずきは、ささやくような声になった。「やっぱりオフィスで働いてみたいんです」

「オフィス？」

思わず、そう問い直してしまった晴美の声に、みずきは恥ずかしそうに身を縮めた。

「やっぱり、無理ですよね。あたしなんか。学歴ないし、バカだし、AVやってたし……ごめんなさい」

「いいの、いいの。そういうことがわかった方が、こっちも相談に乗りやすいから」

「オフィスがいいんです。あの、あたしの前の事務所みたいな……」

みずきはうっとりと両手を組み合わせる。

「できたらきれいなビルで、たくさん若い人がいて……」

「そうなの。別にむずかしいことじゃないと思いますよ。すぐに正社員はむずかしいかもしれないけど、派遣ならいろいろな条件があるし……パソコンはどのぐらいできる？　ワードとかエクセルは？」

みずきは急にしゅんとした。

「どっちもできません。やっぱり無理ですよね。あたし、パソコンはぜんぜんだめだから」

晴美は知っていた。

「いいのよ。これから覚えればいいんだから」

彼女の世代には、意外とパソコンがまったくできない人が多いのも、晴美は知っていた。晴美のように二十代後半に職場にパソコンが導入された世代だと、会社で教えてもらったり研修を受けさせてもらったりで、学ぶことができる。また、みずきより下の世代だと、学校で習うから問題はない。その間の世代がむずかしい。

「契約している教室が駅前にあるの。パソコンの立ち上げから丁寧に教えてくれるから、なにも心配はいらないわ。そこで資格を取って仕事をしている人もたくさんいるのよ」

「いくらぐらいかかるんですか」

「心配しないで。無料よ」

「え」

「そのための支援なのよ」

「いいんですか……あたしもパソコンを習いたかったんだけど、これまでどうしたらいいのかわからなくて……」

「じゃあ、さっそく手配しましょう」

「あ、あとあたし、英語も話せるようになりたいんです。留学しようかな、って思ってたんですけど」

「本気で英語を話せるようになりたいの？」

「え？　ええ、まあ」

「ただの物見遊山的な留学ならどこでも好きな場所に行ったらいいと思うけど、もしも、本気で話せるようになりたいなら、半年から一年の期間で、セブ島にある英語学校で学べるルートがあるわ。以前にあなたと同じように英語を勉強したいってホステスさんがいて、いろいろ教室を探しているうちに知り合いになった、英会話学校の経営者がいるの。授業料と寮になるホテル代、食事代が込みで月々十万ぐらいでお安いんだけど、うちの運動に賛同してくれて、さらに割引してくれるのよ。そこに行って、みっちり勉強すれば見違えるようになるわ」

「でもあたし、ぜんぜん英語なんてできないんですけど」

「大丈夫、そういう人がたくさん行ってるんだから」

みずきはまた頬に両手を当てたが、今度は喜びのしぐさのようだった。

「すごい。さっきまでもやもやしてたのが、急に晴れたみたい」

「よかった。これからがんばろう」

晴美は手を出して、みずきと握手をした。子供のような小さな手で、力なく柔らかい。

「でも、どうしよう。なんだか不安にもなってきました」

手を離したとたん、みずきの表情が曇る。

「あたしに、そんなことができるかしら。果てしない夢みたい。やることもいっぱいあるみたいだし」

「大丈夫。一つずつ、こなしていきましょう。まずパソコン、一緒にオフィスマナーの講習も受けましょう。さらに英語もやりたかったら留学ね。一年経ったら、あなたは別人みたいになってる」

まだ不安そうな彼女の手を両手で握った。

「あなたは、まだ若い。ねえ、想像してみて。若くて、パソコンができて、英語ができる、びっくりするぐらいきれいな女性がいる。そんな人と一緒に働きたくない人がいるかしら」

やっと、みずきの顔がほころんだ。

＊　＊　＊

昭和十八年四月二十日（火）
加納《かのう》やす子さんの服のすそがほころんでいたので、放課後なおしてあげた。彼女の父親も南方《なんぽう》に行っているらしい。母親は近所の力仕事の手伝いをしているとのこと。加寿は学校にて、配給はお義母さまに行っていただく。八百屋の前で押し合いへし合い。ずいぶん疲れたと、寝込んでしまった。申し訳なさに胸がつぶれる。
配給品　食用油二合《ごう》半　野菜八銭《せん》分　ごぼう、大根
食用油はつぎはいつになるかわからない、とのこと。大切に使わなければならない。二人家族だから少ない。三人家族なら四合もらえるそうだ。善吉さんがいてくれたら、とはどちらも言わず。

＊　＊　＊

両親が離婚したあとに父親に会ったのは、大学生の時で、お棺の中に入った顔だった。葬式に、朋子は出席しなかったが、里里が行くことは許してくれた。

父親の新しい奥さんは、ふっくらとした体つきで、ほぼ同年代の朋子より老けて見えた。けれど、彼女も息子らしい男の子も、お棺《かん》にすがるようにして泣いていた。

「お父さん、幸せだったんだな」と心から嬉しくなって、涙がこぼれた。よかった、お父さん、きっといい家庭に恵まれたのだ、幸せだったんだ、と。そのぐらいは素直に思える

歳にはなっていた。

子供は新しい奥さんの連れ子一人だけで、父親との間にはできなかったようだった。

奥さんは、里里の顔を見ると、思わず、という感じに、頬に触れてきた。驚いて身を引くと、「ごめんなさい」と謝った。

「ごめんなさいね。あんまり弘道《ひろみち》さんに似てたものだから」

そして、遠慮がちだがはっきりと、「よかったら、遊びに来てね。お父さんのことも話したいし、お顔も見たいし」と言って手を握った。節くれだっていたが、温かい手だった。

父親は母親の朋子とはまったく別のタイプの女性を選んだんだな、と思った。

啓が生まれた時に不安だったのはちゃんと育てられるのか、ちゃんとかわいいと思えるのか、抱きしめられるのか、ということだ。

自らの母親のように、子供を愛せなかったらどうしよう。

しかし、杞憂《きゆう》だった。産み落として腕の中に抱かせてもらった時から小さな姿にどうしようもないような愛情が満ちあふれてきて、戸惑うほどだった。

今だって、どんなことをしても、守りたいといつも思っている。

それなのに、どうしてあたしのお母さんは、あたしを愛してくれなかったのか。

考えても詮無いこととはわかっていても、子供を産んだことで疑問はさらに増した。

その問いに答えてくれるものが、もしかしたら、この中にあるかもしれない。家計簿を見つめながら、そんな予感がした。

昭和十七年十月十二日に、善吉さん出征、の文字があってはっとする。そうだ、この時期は戦争中なのだ。スマートフォンで検索して、日米開戦が前年の十二月八日だと確認した。

戦争が始まってから、ほぼ十か月か……里里には感覚がうまくつかめない。戦争中のことは学生時代に学んだ程度の知識しかない。家計簿には配給品の文字も混ざってくる。配給品は足りなくて、ひもじい思いをしたらしい、という強い印象はある。店では何も売っていなかった、というイメージも。

けれど、十七年の時点では、配給品だけでなく、自由販売と書かれたものも多い。米は、一日に二人分で四合六勺《しゃく》とある。勺というのがよくわからないが、里里はだいたい四合の米を一度に炊いて食べ残りは冷凍し、子供と二人で三日以上は持つから結構な量に感じる。精米配給十日分、などと書かれているからまとめて配られるのか。配給品も、結構さまざまな品が並び、野菜や豆腐などと一緒に魚や肉もある。意外に豊富、という印象だ。

善吉が出征して、二か月後に、加寿が代用教員の誘いを受けた、というメモ書きがあった。「加寿さんをおいて他に適任者はいない」と言われているところを見ると、ずいぶん、優秀な人だったのではないだろうか。

そのあたりから、これが過去の謎を解き明かしてくれるものだという意識も忘れた。

加寿の代用教員の件は、戦地にいる善吉のもとに手紙を書いても、三週間返事が来ない。はっきりした記述はないものの、どこかやきもきしていることが言葉の端々《はしばし》に取れる。義母は「善吉が兵隊にとられてなければ、善吉が教員になったものを」と言ったりして、なんだか不満そうな様子である。けれど、教頭先生が何度も家に来て説得し、気持ちが変わってくる様子がわかる。ついに月給三十円余りと聞いて、急に義母の調子が変わる。それは、「お義母さま、ああ三十円と一言おっしゃり、急におほほほほと笑う」という一文に表れていた。ずいぶん現金な人だ、と思うが、戦時中の貧しい時期ならしょうがないのかもしれない。稼ぎ頭の善吉は戦争に出ていたわけだし。

そういえば、兵隊さんのお給料ってどうなっていたのかしら。有給なのか無給なのか。無給ってことはないよね。残された家族や子供も困ってしまう。今、そんなことになったら、きっと誰も戦争になんていかないだろう。いや、有給だって嫌だけど。

加寿の就職は、とんとん拍子に話が進み、三月末日に辞令が交付され、四月から通勤することになる。

初日の授業は、「加寿、教壇に立ったとたん、言葉がなくなる。ただ、手巾《ハンカチ》握りしめ、しばし立ちすくむ。気がつくと『修身《しゅうしん》の本を開いてください』と小さな声で言っていた。今日は一日、私が音読するだけで、終わる」とあった。

大丈夫なのかしら、とひとごとながら心配になってしまった。次の日からは、しばらくメモはなく、物の値段の羅列と配給品の記入で終わっている。備考欄を書く余裕もないのかもしれない。

再び記述が始まるのは、十日後だった。「ここ数日、気力なく」とだけ書いてある。しかし、翌日から、今度は堰《せき》を切ったようにこまごました授業の記録や、生徒たちの様子がつづられ始めた。

「私の着ているもの、持っているもの、食べているもの、すべてに興味があるようで、なんでも、先生これなあに、と指さして尋ねる。一つずつ、これはモンペよ、お義母さまが作ってくれたのよ、これはリュックサックよ、旦那さんが戦地に行く前に使っていたものよ、と答える。しかし翌日になるとまた同じことを聞く」「ねえねえ、としか言わない生徒がいる。なあに、と答えると、また、ねえねえ、と」「先生、芋飴《いもあめ》食べたことがある、と尋ねる子あり。ないわ、どんなの、と言うと、田舎から送ってきた乾燥芋を使って作る方法を丁寧に説明してくれる。あらいいわね、先生も食べたいわ、とつい口をすべらすと、とても困った顔。嘘よ嘘よ、と慌てて否定した。うかつに気持ちを口にしてはいけないと、反省」

そこにあるのは、新米教師と、好奇心いっぱいの幼い生徒たちで、思わず微笑んでしまった。ただただ必死に働き、子供のことを考えている加寿に親近感を覚えた。

昭和十九年は専用の家計簿ではなく、普通のノートを使っている。最初のページの頭に、「本年は家計簿の出版なく」と記されていた。欄を設けてあるわけではなく、日付と日々の配給品と出費、そして、日記に近いメモという順番である。一ページがだいたい三日分ほどで、二冊分のノートが文字でぎっしりと埋まっている。

読みだしてすぐ、前年とは、状況や環境が変わってきているのを感じた。

配給なし、の文字が多くなり、玄米配給もちらほら見られる。

「銀座に雑炊《ぞうすい》食堂というものができたそうだ。いまだに洋食を出す店もあると聞く。どのようなものか。善吉さんがいたならば、行きたがっただろう」「弁当を持たざる子にご飯とおかずを分ける」「加寿の弁当を用意するのに一苦労、とお義母さま。麦飯に切り干し大根のおかず。身を縮めていると、今は加寿が一家の大黒柱なのだから、とおっしゃる。ありがたさに涙する」

大変な時代になってきたのだ、ということが里里にさえも伝わってくる。そして、その夏から学童疎開《がくどうそかい》が始まる。

「校長先生、ご家庭の奥さまである酒井《さかい》先生、そして、加寿はこちらに残る」「縁故《えんこ》疎開の子たちが、ぽつぽつと田舎の親戚などのもとに発っていく」「集団疎開の子ら、旅立つ。先生、遊びに来てね、絶対ね、すぐねと口々に言い、小さなリュックを背負って電車に乗って行った。遠足と見まごうばかりの明るさ、にぎやかさ。行くからね、すぐ行くからね、と手を振るが、いつ切符を買えるか見当もつかない。電車の行ったあと、ホームに一人、加寿は涙が止まらず。彼らに幸多からんことを心から祈る」

しかし、彼女の不安は的中する。

「当直の夜、担当している学級の、山下《やました》たまさんの母上がいらっしゃった。たまさんからの手紙を見せてもらう。『私ははやくかえりたくてかえりたくてたまりません。なきたくてなきたくてたまりません。すぐにきてください』母上は泣きながら、先生、すぐにでも行ってやりたいけれど、切符は手に入らないし、他の家族もいるし、どうしようもありません、と。加寿は言葉もなく、涙を流すばかり」

加寿のもとにも、子供たちからの手紙が来ていたらしい。子供のいなくなった学校で、夜の当直を、居残りの先生たちと順番にする毎日だ。

「五十鈴先生、うちのおかあさんにはなして、すぐにきてくれるように言ってください。できないなら、えんぴつときってとえはがきとびんせんをおくってくれるように言ってください。私はまいにち勉強しています。でも、五十鈴先生の方がいいです。なかない日はありません」

「あの日、あんなに元気で別れた子供たちが、貧窮し、村の子供たちとあまりうまくいっていないようす。手紙を見るたびに、走って迎えに行きたい気持ちになる。親御さんなら、なおさらだろう。はたして、疎開させたことは、正しかったのだろうか。他の道はなかったのか。しかし、ただいまは、お国のためと手紙を書き送るのみ」「子供たちは皆わかっているのだ。私たちよりわかっているのだ。その子らに、お国のために辛抱、と言うことのつらさ」

空襲や原爆に比べると学童疎開は印象が薄く、里里もこれまで実態はほとんど知らなかったが、子供たちや加寿の文章を読んでいると、悲惨さは身近なものだけに胸がつまった。同じ親として、あの混乱の時代に子供を手放した親の気持ちは、同情して余りあった。今、啓と離れて、どこかに送るなんてとてもできそうもない。もし、このようなことがあったら、きっと一緒について行ってしまう。現代の親なら、皆、疎開先について行きたいと言うだろう。

家計簿には、加寿の苦悩がたびたびつづられている。昭和十九年の一冊分、約半分を読み終わったところで、ため息をついて顔を上げた。

この人が外に男を作って、心中したのだろうか。人は変わる。このあと、昭和二十年に終戦を迎え、彼女らがさらに混乱の時代に放り込まれることはわかっている。だから、加寿という女が変わっていくとは考えられないことではないが……加寿とはいったい何者なのか。

「行ってみるしかないかもしれない」

封筒の裏書を見る。三浦晴美という女性、この人に会いに行くしか、その謎は解けないのかもしれない。

＊　＊　＊

昭和十九年九月二十八日（木）

遠藤道子《えんどうみちこ》さんから手紙届く。加寿、ただ、ここに写す。決して忘れないように。

五十鈴先生、お元気ですか。私は元気です。毎日、勉強しています。先生、お願いですから、うちのお父さん、お母さんに言って、えんこにしてください。ここは食べるものもありません。お願いですから、ここにきてください。たまさんもやす子さんも、洋子《ようこ》さんもひろ子さんも、先生に会いたいといっています。かならず、あしたきてください。これをみたら、すぐにきてください。先生がきてくれたら、みんな泣かないと思います。私はえんこにしたいけど、先生がきてくれたら、ここにいます。学校はあるけれど、ここには、私たちの先生がいません。五十鈴先生が私たちの先生です。五十鈴先生と勉強したことを思い出すと、泣きたくなります。すぐにきてね。絶対ね。

3

金曜日の一時半にうかがいます、というメールを、晴美は何度も見直していた。

仕事柄、客が来ることはめずらしくない事務所である。現に今日も午前中から予約ありが二人、予約なしの飛込みが一人、計三人がすでに訪れていた。

瀧本里里の電話の声は言葉少なく声も小さいが、語尾ははっきりしている。長らく仕事をしてきた女性だと感じられた。

「あの、五十鈴さんのお宅の方ですか?」と尋ねると、ためらったあと、たぶんそうです、と彼女は答えた。

「では加寿さんの……お嬢様?」

それにしては声が若すぎる、ということはわかっていながら聞いた。

「いえ。たぶん、孫か……なにかに当たるんじゃないかと思うんですが……」

そこで初めて語尾を濁した。

「お話しになりたくないなら、いいんですよ」

気がつくと、仕事上で出会う女性たちに話す時によく使うキーワードを、自然に言っていた。

「大丈夫です。ただ、話せないんじゃなくて、まだよくわからないことが多いんです」

「あ、そうですか」

「できたら、お会いしてお話しできますか」

「もちろんです。人がたくさん出入りしている事務所ですから落ち着かない場所ですけど、いつでもどうぞ」

電話での会話はそこまでだったが、メールアドレスを交換して、何度かのやりとりのあと時刻が決められた。

あの二回の「たぶん」のためらいはなんだろう。何か、事情があるのだろうか。そういうことなら、事務所ではなく、近所の喫茶店かどこかで話した方がいいのかもしれない。金曜日なら曽我さんがいるし、また、なにか言われたら。

結局、迷っているうちにその日が来てしまった。決断の早い晴美にはめずらしいことで、気持ちのゆれが我ながら不思議だった。

曽我さんに文句を言われたら面倒だ。けれど、ここの地所を寄付してくれた五十鈴加寿の子孫に来てもらって、なんの不都合があるだろうか。こそこそする必要はない。きちんと正式な手続きもしているのだし、そう考えることが加寿を愚弄《ぐろう》している。しかし、もちろん、面倒ごとを抱える可能性だってないわけじゃないのだ。電話の声は曽我がいうような人間には聞こえなかったが、これればかりはわからない。

また、一方で、そんなに込み入った話なら、ここで聞くことが正しいのかもわからない。もちろん、奥の応接室と会議室を兼ねた小さな部屋を使うつもりだけれども。

晴美がそんな迷いの中にあるとも知らず、里里は時間通りにドアを押して入ってきた。

「一時半に三浦晴美さんと約束している、瀧本です」

顔を上げると、入り口のところにいた大学生ボランティアの真菜に話しかけているのが見えた。

「あ、瀧本さん、私です。私が三浦です」

奥から手を上げると、まぶしそうに目を細めて目礼した。

彼女は薄いグレーのスーツに黒いバッグを肩から下げていた。肩までのボブカットがさらさらと揺れている。一目でここに出入りする女性とは違うことが見てとれる姿だった。

「こちらにどうぞ」

向かいに座っている曽我が訝《いぶか》しげな顔でこちらを見ているのに気がついたが、無視して奥に案内した。

「失礼します」

軽くお辞儀をして、前に座った。

「すぐにわかりましたか」

真菜がお茶を持ってくるまでのつなぎのつもりで声をかける。

「はい。地図がわかりやすかったので」

「そうですか。よかったです。どちらにお住まいでしたっけ」

「あ、杉並《すぎなみ》です。前の職場の新宿に近かったので」

「そうですか。では、三、四十分かかりましたか」

「ええ」

「ご足労いただいてすみません」

そこに真菜がお茶を運んできた。この間の女優の時とは違って里里にはなんの興味もないようで、お茶を置くとさっさと出て行った。

「お楽になさってください」

「ありがとうございます」

「あの、こちらが残りの家計簿です」

あらかじめ用意していた昭和二十一年以後の家計簿をまとめて差し出した。

「あ、ありがとうございます」

軽く頭を下げて、手に取った。ぱらぱらとめくる。

「これ、読まれました？」

「あ、いいえ。先日お送りした分の始めの部分だけ」

「そうですか。あたしも送っていただいた分を読んだんですが……」

里里はどこから話そうか、迷っているそぶりだった。それで晴美が口火を切った。

「この間の手紙にも書きましたが、五十鈴加寿さんはここの前代表の女性と懇意にされていた方で、亡くなる時、地所を残してくださいました」

「はい、うかがっています」

まっすぐな目でうなずいた。そこには、曽我の言うような疑念はなさそうだった。

「加寿さんはこの場所で定食屋をやっておられました。建て替える前は建物をそのまま使わせてもらっていたんです」

前代表の倉田伸子と加寿の出会いについて、伸子がここを作ったところから話した。

夫と一緒にこの運動を起こした伸子は、彼亡きあと、自らが代表についた。加寿はそのずいぶん前から近所で定食屋をやっていた。伸子がひとりになってから時々来店して顔見知りになり、駆け込んできた女性たちにご飯を食べさせてもらったりしているうちに支援者の一人となった。

加寿と伸子は、二人ともあまり大柄な女性ではなかったし、大声で主張するような女性でもなかった。加寿は伸子よりは大きく、中肉中背だった。そういうところがさらにお互いを引き付けたのかもしれない。二人が額を寄せて話しているところは姉妹のようだとよく言われていた。

加寿は、伸子が連れてきた女性たちにいつでもただでご飯を食べさせた。自分ができるのは、温かいものを食べさせてやることだけだ、と言って。また、そういう女性たちを店で雇うことも一度や二度ではなかった。これは、まだ偏見の残る時代に、食べ物以上にありがたいことだった。何人かの女性は、ここで加寿に料理やお運びの仕事を習い、同じような店を出したり、料理屋の仲居になったりした。加寿は、旅館で働いていたこともある、と言って、そういう場所での立ち居振る舞いを教えたり、時には読み書きを教えたりもした。その姿には彼女にさまざまな過去があることを匂わせたが、深く聞いた人は誰もいない。あるいは、伸子なら聞いているかもしれないが、彼女は何も語らずに十年前に亡くなった。

加寿の死後、定食屋の土地建物と預貯金は、すべて会に残された。どれだけ大きな貢献だったかは、言うまでもない。

晴美が会に加わった時、すでに加寿は故人となっていたが、一度でいいから彼女と会ってみたかった、と思い出話を聞くたびに残念だった。そして、同様に支えてくれる人、なんでも話して相談できる相手がいたらどんなにいいかと密かに願うのだった。

「生前の加寿さんを知っている人は、皆、言います。穏やかな優しい人で、でも、芯の強い働き者だったって。そして、とても賢い、頭のいい人だったって。先ほども言った通り、この建物が建つ前は、加寿さんが定食屋として使っていた木造住宅をそのまま使わせてもらっていたんです。それを見れば、きっと店のイメージもわくと思うし、あなたにもお見せできたらよかったんだけど、間に合わず、すみません」

「いいえ。そんなお気遣いなく」

「でも」

「あたしにとって、加寿さんという方はなんの記憶にもない女性ですから」

「なんの記憶もない？」

「加寿さんという女性は」

「ええ」

「加寿さんという女性は」

里里は言いよどんだ。晴美は、あ、このためらいだ、彼女と話していて感じる疑問はいつもこのためらいから生じるものだ、とわかった。

「どうぞ、なんでもお話しになってください。職業柄、いろいろな話を聞いているし、ちょっとやそっとのことじゃ驚きません。もちろん、無理強いもしませんし、好きなことだけ話していただければ」

「ありがとうございます」

そこで初めて、里里はお茶に手をつけた。ぬるくなっているお茶をごくごくと飲み干した。

「淹《い》れ替えましょうか」

「いいえ、大丈夫です」

飲み干した茶碗を手に握ったままじっと見つめる。

「加寿さんという女性かどうかはわからないのですが、あたしの母親の母親は、母親が小さい頃……亡くなって……祖父は後妻をもらったと聞いています」

「お母さまが小さい頃、亡くなった？」

「はい」

「でも、加寿さんは、実際、ここに」

「ええ。ですからわからないんです。いったいどういうことなのか」

「別人なんでしょうか」

「でも、送っていただいた家計簿の、最初のページに書いてある、五十鈴善吉というのは、確かに祖父の名前なんです」

持参した四年分の家計簿の中から、昭和十七年のを出して開いた。

「ここに」

「ああ、そうですね。いったい、どういうことでしょう」

「それだけじゃないんです」

「それだけじゃない、とは」

「……なんと言ったらいいのか……」

「ええ」

「その人は、祖父と母親を裏切った人です」

「裏切り？」

「外に男を作って、一緒に駆け落ちして、心中したと聞いています。幼かった母親を置いて」

驚いて里里を見つめた。聞いていた加寿ともっとも違う姿だといってよかった。けれど、里里はまっすぐに見返してきた。まるで、そこに加寿がいて、何かに挑戦するかのように。それは、電話で話したり、こうして会った、先ほどまでの彼女の印象とは違っていて、晴美をたじろがせた。

＊　＊　＊

昭和二十年八月十五日(水)
今は何も考えられない。
明日から配給はどうなるのかしら、とお義母さまはおっしゃった。

＊　＊　＊

「心中?」

三浦晴美はそうつぶやいて、しばらく黙った。

里里は彼女の顔をじっと見た。黒く長い髪をうしろにひっつめて、眼鏡をかけている。肌が抜けるように白く、鼻の先にうっすらとそばかすがあり、頬と唇がきれいに赤い。それがはっきりわかるほど、化粧気がない。ぶかぶかのダンガリーのシャツに綿パンをはいている。

まるで自分を罰するかのように質素な人だ。化粧をしてスカートをはいたら、もっときれいに女っぽくなるに違いない。もしかしたら、仕事柄こういう格好をしているのだろうか、と考えた。

「はい」

「心中。そう」

彼女はあきらかに動揺しているようだった。

「はい。親戚から、そう聞いています。先ほども言ったように、祖父の善吉は後妻をもらったそうなんですが、祖父ともあたしの母親ともうまくいかなくて、すぐに出て行ったそうです」

「大変だったでしょうね」

いたわりの言葉のはずなのに、どこかうつろに響いた。

「ええ。まあ、でも、母も祖父もあまり気持ちを話す人でもないので、詳しい様子は聞いたことがありませんが」

「そうですか。心中……」

「ええ。ですから、不思議なんです。どうして、これが残っているのか、ここで定食屋をやっていた人というのが誰なのか」

「後妻さんという人が加寿さんではないですよね」

「はい。違うと思います」

「では、どういうことなんでしょうか」

二人は、しばらく考えていたが、「あの」とほぼ同時に声を上げ、このような時なのに、思わず、微笑んでしまった。

「ごめんなさい」

譲り合った末、晴美が言った。

「私は、実際に加寿さんにお会いしたことはないんです。いろいろな人から話を聞いたのと、この家計簿を読んだだけで。でも、子供を置いて心中するような方には思えません。むしろ逆の印象です」

「そうですか……でも、人は変わります。絶対ということはないと思います」

と、里里は反論した。

「変わりますね、確かに」

「それから、戦争というものがあります。この家計簿を読んでも、どれだけ彼女に多くの影響を与えたか、よくわかります。そういう中で変わってしまうことだってあるでしょう」

晴美は答えず、思いつめるように斜め下を見つめた。里里はその横顔に言葉をぶつけた。

「死と隣り合わせの生活の中で、刹那《せつな》的な気持ちになることもあるんじゃないでしょうか。戦争中の張りつめた精神状態から、終戦の解放感というか……虚脱感の中で、驚くような行動に出てしまったのかもしれませんし」

「確かに、戦争の影響というのは大きいでしょうね」

「……あたしは父親のいない子供を産みました。妻子のいる方との間にできた子です。子供ができたあとは、別れて産んで一人で育てています」

急にこんなことを言って晴美は戸惑うだろう、と思った。だけど、この三浦晴美という女性には聞いて欲しかった。

「だから、加寿さんという人と同じようなことをしていると思われるかもしれないけど……でも、駆け落ちしたり、心中したりする人間とは違うと思っています。他から見たら同じかもしれないけど、できるだけ人に迷惑をかけないように生きてきたつもりです」

「そうですね」と晴美は目を見てうなずいた。それだけで心にきゅっと温かみが入ってくるようだった。すべてを肯定してくれているような。

「里里さんの筋の通し方は立派だと思います」

「すみません。なんだか、急にこんなこと言って。でも、家系だから同じと思われたくなくて、先に話しました」

本当は、自分はあの凪子のような人たちに向かって弁明しているのだと里里は気がついていた。

「もちろん、そんなこと思いません。お一人で、子供を育てられてきたのは、大変だったでしょう」

「いえ……なんだか、ここまで夢中で来てしまって」

「そうですか……これは、本件とは関係がないことかもしれませんが、うちの会員さんにもお子さんがいる方もたくさんいますからお手伝いできることもあるかもしれません。専門知識があるものもおりますし、自治体の補助や援助に詳しいものもおります。遠慮なくご相談ください」

「初めて」

「え」

「そういうこと、他人で言ってくださった人、初めてです。母親にも拒否られたのに」

「拒否られる、って。やっぱり、お若いのね」

二人はまた微笑んだ。

「……あたしも、本当はそう思うんです」

声が小さくなっていた。

「なにがですか」

「あたしも、この家計簿を書いた加寿、という人は、あたしが聞いてきた女性とは違うって、ずっと思ってました」

「そう……」

「だけど、なんだか、よくわからなくて」

「ええ。いいんですよ」

「この先の家計簿を読めば、なにかわかるのかしら」

「どうでしょう」

二人は黙って、卓上の残りの家計簿を見つめた。

＊　　＊　　＊

昭和二十年八月二十二日（水）
簞笥《たんす》をひっくり返すようにして、ボロを探し、ぞうきんを縫った。学校に行き、バケツを探し出して、掃除をした。学童疎開が始まってからは、兵隊さんが訓練に使うとかで、土足で入ってきたこともあり、床が泥だらけになっていた。ただただ、ぞうきんがけをし、何度も水を替え、磨き上げる。うちの教室が終わったら、次は隣の教室、その次はまた隣の教室。
私は教員に戻れるのだろうか。わからない。ただ、私はここで、生徒たちと善吉さんを待つ。

＊　　＊　　＊

元AV女優の野村みずきが戸じまりしようとしている「夕顔ネット」に飛び込んできたのは、里里が来てから一週間ほどあとのことだった。家庭を持っている曽我や檜山、ボランティアの女性たちは皆、帰宅していたから、事務所には晴美と学生アルバイトの真菜しかいなかった。

「三浦さん」

みずきは入ってくるなり叫んで、ドアをバタンと閉め、そこに背を付けてはあはあと荒い息をした。顔色が真っ白で、いつもきれいな髪が乱れ汗で額に張り付いていた。

「どうしたの」

あわてて立ち上がり、奥から彼女に駆け寄った。真菜もついてくる。

「今、今、今」

みずきはそれ以上何も言えないようで、指で外を示す。

「どうしたの。外でなんかあったの」

「鍵かけられますか、ここ」

ドアの鍵も指さすので閉めた。それを見届けると、みずきは近くの椅子に倒れ込んだ。スカートから腿《もも》がむき出しになる。

今日は薄いブルーのフレアスカートのワンピースを着ていた。一見きれいで上品な服だが、同性から見るとスカートが短すぎる。ＯＬには見えないだろう。よく似あっていてあか抜けているからこそ、みずきの過去を透けて見せていて、どこか悲しかった。隣に立つ真菜が、小柄で小太りのころころした体型で、Ｔシャツとデニムという服装なので、よけい目立つ。

「真菜ちゃん、お水か何か、持ってきてあげて」

「はい」

真菜が給湯室の冷蔵庫から冷たい麦茶をコップに入れてきた。それをみずきは一気に飲んだ。落ち着いたのか、みずきは窓を指さした。

「外に男の人、いませんか」

「男の人？」

「グレーのスーツの、痩せている人。眼鏡をかけてて、ぺたっとした髪の」

真菜がすぐに窓に駆け寄る。

「うーん。ここから見た限りは、いませんね」

前の道をしばらく観察していた真菜は言った。

「よかった」

「男の人って誰なの？」

「先生です」

「先生？」

「パソコン教室の」

「え。パソコン教室って、うちが紹介した？」

「はい」

紹介した駅前のパソコン教室に、数週間前からみずきは通っていた。教室は、初心者ばかりでみずきの他に三人の受講生がいたそうだ。

「あたし以外は、全部、おじいちゃんとおばあちゃんです。この近くに住んでいる人ばっかりで、皆、優しくていい人たちで」

そういう老人たちは、みずきのことなど知らないから、なんの問題もなく、まるで孫をかわいがるように接してくれたらしい。すぐになじんだ。

「ただ、先生が、あたしのことに気がついたんです。担任の」

三十代で独身の、担任のパソコン教師は、最初は紳士的だったそうだ。

「優しくて、親切だったんです。教室の帰りにそっと『もしかして、悠木南帆さんですか』って聞かれたので、迷ったんですけど、嘘ついてもしょうがないからそうですって答えたんです。先生はもっと優しくなりました」

パソコン教師は授業の終わりにみずきを残して、補講的なことをしてくれるようになったそうだ。

「ただ、だんだん体を触るようになって……初めは肩とかだったんですけど、だんだん、手を握ってきたりとか、マウスの上に載せるふりをしたりしながら」

「うわー、最低。気持ち悪い」

真菜が遠慮ない声を上げる。けれど、みずきの心を軽くしたようで、はじめてにっこりと笑った。

「そうなの。だけど、あたしも気のせいかなーとか思って、我慢してたんです。そしたら、先週、付き合ってくれって言われて」

みずきはきっぱりと断ったそうだ。すると、教師は、「お前みたいな女と付き合ってやる男が俺以外いるか！」と怒鳴りつけた。

「急に人が変わったようになったから、あたしもびっくりして、逃げるように家に帰りました」

「まあ、そんな。ごめんなさいね。ぜんぜん知らなかった。すぐに相談してくれればよかったのに」

これはパソコン教室に強く抗議しなければならない、と懇意にしている経営者の顔を思い浮かべながら、晴美は思った。

「いいえ。でも、気持ち悪かったのは、そのあとなんです。今日、教室に行ったら、何事もなかったかのように授業してくれてよかったんだけど、終わったあと、家までついてこようとして」

やっぱりお前は俺の女だ、とにやにや笑っていたと言う。

「とっさに、ここに来なくちゃならない、三浦さんと会う約束があるって言って逃げてきたんだけど、追いかけてきたから、怖くて怖くて、走ってきたんです。なんか、目つきとかが、普通じゃなくて」

「嫌な目に遭わせてしまって、ごめんなさいね」

「いえ。あたしも、悪かったから……体を触ってきた時ちゃんと断らなかったから、彼に勘違いさせたのかも」

みずきは、目を伏せた。

「いいえ。みずきさんはちゃんとしてる。おかしいのは向こうの方だよ」

「そうですよ。キモいストーカーですよ」

みずきをなぐさめながら、さあ、どうしようか、と考えを巡らせていた。まずは、教室の方に厳重に抗議をしなければならない。当然、教師やクラスを替えて、みずきが会わないようにしなければならないが、ことが収まるかどうか……二人が会えば、また、何か起きるかもしれない。

残念だけど、教室はやめさせた方がいいだろう。パソコンはどこでも習える。とりあえず、真菜に、この事務所で手ほどきだけさせるという手もある。

めまぐるしく頭を回転させながら、みずきに笑いかけた。

「コーヒーでも淹れて飲もうか。そうだ、どっかでご飯でも食べようか。私のおごりで」

真菜がすぐに反応する。

「あ、いいですねー。代表のおごり。『富士屋』の定食？『パピヨン』のカレー？」

「今日はビール飲みたいな。『富士屋』もいいけど、『ど真ん中』のお好み焼きは？」

「やったー、お好み焼き」

真菜が両手を挙げて喜んでいるのを、みずきはぽかんとして見ている。

「あたしも行ってもいいんですか」

「もちろんよ。みずきさんのためにご飯食べに行くようなものなんだから」

「あたしのため……？」

みずきは不思議そうな顔で、首を傾ける。

「お好み焼き、嫌い？」

「いいえ、大好きですけど」

真菜にもう一度、外を確かめさせたが、幸い、男の姿はなかった。

「ど真ん中」は谷中通りの中にある、広島出身の店長がやっている広島風お好み焼きの店だ。カウンターと二つのテーブル席があるだけで、夫婦二人の小さな店だ。けれど、生ビールのジョッキはちゃんと凍らせてあって、いつも霜がついている。仕事の終わりに、そのジョッキでビールを飲むのが晴美の唯一の楽しみと言ってよかった。

男がいないか確かめてから、事務所を出た。

「乾杯」

テーブル席に座って、人数分の生ビールとお好み焼きと、サラダを注文し、ジョッキを合わせる。

「なんでも、好きなものを頼んでいいのよ」

そう何度も念を押したが、みずきはメニューを見るばかりで何も頼まない。結局、晴美と真菜が店長と相談して、決めてしまった。

「私は、ここの山芋がのったお好み焼きが好きなの。山芋が生地に混ぜ込んであるんじゃなくて、上にすりおろしてのっているのよ。ウズラの卵と一緒に」

説明しても、みずきは「はあ」と戸惑ったような生返事をするばかりだった。

「大丈夫？　みずきさん」

ついに耐えられなくなって尋ねた。

「え」

「もしかして、さっき話せなかったようなことが、もっとあるの？　あの男に、なんかされたり、言われたりしたの？　困ったことがあるなら、なんでも言ってね」

晴美はちらりと店主夫婦を見た。

「ここは、気兼ねのいらない店だし、聞こえてもいいのよ。気楽にしてね」

「いいえ、そうじゃなくて」

みずきはビールをぐっと飲んだ。

「そうじゃなくて、あたし、こういうふうに、こういうところに来たのが初めてなので」

「こういうふうに？」

「こういうふうに、あの、約束とかしてなくて、なんとなく、ご飯食べようか、とか言って、そのまま店に来ちゃったりとか、そういうの」

「あら、そうなの。初めての体験が、こんなおばさんで悪いけど」

あははは、と真菜が笑った。

「言えてる」

「いいえ、そんなことないです」

生真面目に、みずきが首を振った。

「あたし、専門学校には、アルバイトが忙しくてあんまり通えなくて友達もいなかったたし、アルバイト先でもなじめなかったし、事務所は……やっぱり、お客さんみたいなもので……売り上げがいいとパーティーとか、お祝いとかはしてくれるんですけど、そういう時はすっごい店にも連れて行ってくれるんですけど、でも、必ず約束していくんです。予約して、何時にって決めて」

「ああ。まあ、そうね」

「だから、こういうの、初めてで……なんか、新鮮で」

「そう。まあ、よかった。なんでも食べてね」

店長が焼いてくれたお好み焼きが届いて三人でつついていると、気もほぐれてきたのか、みずきがぽつぽつと話し始めた。

「あたし、広島に短い間ですが、住んだことあります」

「あらそう」

「子供の時。両親が離婚をして、一時期、母親の実家に住んだの。海の近くでとってもきれいなところ。じいちゃんもばあちゃんも優しくて、貧乏だったけど、魚いっぱいあって、すごく好きだった」

「あら、いいわねえ」

「でも、母親が再婚したから、引っ越してしまったの。次は工場がたくさんある町。広島にいた時が一番楽しかったかも」

「そう」

「でも、悠木南帆のネットのプロフィールは神奈川出身ってなってますよね」

真菜が遠慮なく尋ねるので、晴美はひやりとしたが、遅かった。けれど、みずきは屈託《くったく》なくこてを使ってお好み焼きを食べながらうなずく。

「ああいうのは、適当に事務所が決めるの」

「へえ、そうなんだ」

「真菜さんは学生なんですよね。どうして、ボランティアをしているの。ボランティアって、ただってことでしょ」

「ええ。まあ、少しはバイト料をもらうこともあるけど」

「そうなの。真菜ちゃんは、去年から来てくれているの。とっても助かっている。仕事もそうだけど、うちのムードメーカーだから」

晴美はお世辞ではなく褒めた。

「あたし、大学では英文学を専攻しているんだけど、ゼミの先生はジェンダー論が専門なんです。いろいろ勉強しているうちに水商売のこととかも文献で読んで、興味持ってたら、先生がこういう場所があるけどボランティアに行かないかって勧めてくれて」

「伊東《いとう》先生には、いつもお世話になっちゃってね。学生さんを紹介してもらっているの」

「伊東先生は、代表の担当教授でもあったから」

「そう。そろそろ七十のおじいちゃんなんだけど、お元気よね。厳しい方で」

「ああ、なんか、いいなあ。いいなあ。ゼミとか、担当教授とか、かっこいい」

みずきがため息まじりに叫ぶ。

「そんなああ。別にどうってことないですよ。みずきさんの方がかっこいい。世界中にファンがいるんだから」

「たいしたことない。そんなのいたって、ストーカーされるだけだし」

「それはちとつらいかな」

晴美は話が一度途切れたところで、みずきに話しかけた。

「パソコン教室のことだけど、やっぱり、あそこはやめた方がいいと思うの」

「あたしもそう思っていました。これから、あの人に会うの怖いし、三浦さんにこれからも通えって言われたらどうしようかと思ってた」

「大丈夫。私から、教室の方には言っておくから。あなたはなにも心配しなくていいのよ。でね、他の教室か先生を探そうと思うけど、しばらく真菜ちゃんにパソコンの基礎をならったらどうかしら。事務所を使って」

「え。あたし？　あたし、ワードとエクセルぐらいしか使えませんよ。あと、パワポがちょっと」

「十分。とにかく、手ほどきだけできればいいんだから」

「お願いします」

みずきが、真菜に頭を下げた。

「あたしなんかでよければ」

「じゃあ、そういうことにしましょう」

みずきは真面目な顔になって、晴美を見つめた。

「あの。聞いてもいいですか」

「ちゃんと答えられるかしら」

「あたし、最近、いろいろ考えているんです。人生のこととか、仕事のこととか」

「いいことね。だけど、あんまり思い詰めないようにね」

「はい。それで、三浦さんは、どうしてこの仕事をしているんですか。曽我さんに聞いたけど、三浦さんは結婚もしないで、ここの活動に打ち込んでいるって。でも、どうして、こんなにいろいろなことをしてくれるの。どうして、あたしたちなんかに優しいの」

みずきの目はうるんでいて、まるで子犬が飼い主を見る目のようだった。晴美はたじろいだ。目にではなく、質問そのものに。

「どうしてって……なりゆきよ、なりゆき。気がついたら、この仕事をしていたの」

「でも、強い気持ちがなければ、こんな大変なこと、できないと思う。親身になって考えてくれるし」

「あたしもそう思います」

真菜も口をはさんだ。

「代表はすごいです。あたしもあこがれるけど、代表みたいにはなれない、とも思う」

「なっちゃ大変。でも、真菜ちゃんと一緒よ。学生時代に先生に紹介されて、そのままずるずるとね」

「でも、代表は、普通のＯＬとして働いていたこともあるんですよね」

「ええ。でも……会社勤めが性に合わなかったの。それでここにもどってきたのよ」

彼女たちはまだ聞きたそうだったが、店長の方を見て勘定を頼んだ。

「三浦さんのおかげです。いろいろ。三浦さんみたいに、損得なしに人のことを考えてくれる立派な人、あたし、初めて会いました」

「違う。私はそんな立派な人間じゃない。最低の女なのよ」

つい早口でそんなことを口走っていて、みずきと真菜がきょとんとした顔になったので、慌てて立ち上がった。

店を出る時店長に会計を払っていると、いつも無口な彼がめずらしく話しかけてきた。

「あれ、悠木南帆じゃないかね」

みずきを顎《あご》で指す。

「え。店長も知っているの？」

彼は、妻の方を気にしながら、「男なら、誰でも知ってるさ」と笑った。

「嫌ね。他の人に言わないでよ」

「言わないよ。だけど……夢の女だなあ」

「夢の女」

「男にとっての夢の女だよ」

みずきを振り返った。真菜と立ち話をしていて、何がおかしいのかころころ笑っている。そうしていると、美しいが、ただの二十代の女の子にしか見えなかった。

夢の女……それがこれからの彼女の人生にとって、凶と出るのか吉と出るのか、まったくわからない。ただ、幸多かれと祈ることしかできないのだ、と、晴美はいつもおちいる無力感で胸が締め付けられた。

*　　*　　*

昭和二十年九月十日（月）
疎開先から子供たちが戻り、授業再開。子供たちの元気なこと。まずはありがたい。先生、先生と話しかけてくれる。けれど、加寿は、ふと気がつくと、ぼんやり考え事をしてしまうことがある。
善吉さんは、いつ戻られるのか。連絡もなく。
食用粉　二日分八合配給　お義母さまがどろどろに水で溶《と》き、ホットケーキのようにして焼き、ほんの少し醤油をかけた。ふすまが入っているのか、ざらりとしていた。やっぱり、すいとんの方がいいわね、とおっしゃる。

＊　＊　＊

里里のところに晴美から連絡があったのは、二人が会ってから二週間後の、平日の昼間だった。

あんなにも続きが知りたい、加寿は戦後どうなったのか、戦争に行った祖父善吉は、と勢い込んで会いに行ったのに、実際、家計簿を受け取ってしまうと、なんだか気がすんでしまったようで、手が付けられないままだ。あの日、家計簿を入れてくれた谷中の老舗《しにせ》せんべい屋の紙袋が部屋の隅に立てかけてある。

怖いのかもしれない、加寿の人生を直視することが。

もしかしたら、そこには、過去をひっくり返すような何かがあるかもしれないのだから。

そんな中にかかってきた電話だった。

「里里さん？」

声の美しい人だ、とこの間会った時の印象を思い出していた。声が美しくて、あいづちに何か特有のふんわりしたニュアンスがあって、つられてついなんでも話してしまう。

「はい。先日はありがとうございました」

「いいえ、こちらこそ、わざわざ来ていただいて、すみません」

「いいえ。あの……実は、まだぜんぜん読んでないんです、家計簿。なんだか、あれから」

「あ、いいんですよ。そんなお気になさらずに。お子さんもいて、お忙しいんですから」

「いいえ、今は仕事がないから比較的楽なんですけど……なんなんですかね。夏休みの宿題みたいに積んであって」

「夏休みの宿題？」

晴美はおかしそうに笑う。

「なつかしい話。でも、今日、お電話したのは、そのことじゃないんです。お願いしたいことがあって」

「なんでしょう」

みずきという元女優について説明され、彼女がパソコン教室に通えなくなったいきさつを聞いた。

「へえ。『夕顔ネット』にはいろんな方がくるんですねえ」

「まあ、彼女のような若い人は例外的なんですよ。お願いしたいのは他でもないの。みずきさんのパソコンの先生を里里さんができないかしら、と思って。お仕事でずいぶんパソコンを使われるんでしょう？　今は学生さんに頼んでいるんだけど、彼女もワードとエクセルの簡単な操作ぐらいしか教えられないし、我流だから、ちゃんとしたパソコンのできる人に頼んだ方がいいんじゃないかって言うの」

「ええ、まあ……あたしも、一通りのことはできますし、銀行にいた時にいろんな資格を取らせてもらったので、教え方はなんとなくわかりますが」

「そう？　私も何人かの人を当たったんだけど、なかなか適任の人がいなくて、いろいろ考えているうちに、あ、里里さんならどうだろうって。ストーカー男のことがあるから、しばらくみずきさんにはこのあたりから離れてもらった方がいいのね。でも、あんまりお金は払えないの。こういう団体だし。講師料って時給二千円ぐらいお払いするんでしょうけど、その半分ぐらいしか……」

「あ、いいですよ。あたし、今は失業手当をいただいているんですけど、そういうアルバイトをすることになると、きっと届け出をしなくちゃならないと思うんです。面倒だから、よかったら、とりあえず手当をいただいている間は無料で」

「え。いいの？」

「はい。ただ、仕事が始まったら、忙しくなるかもしれないし、どうなるかわかりませんけど」

「失業手当は、いつ頃まで出るの？」

「会社の倒産に伴《ともな》っていただいていた九十日間の支給は終わってしまって、娘が三歳未満なので延長してもらってるんですが、秋までですね。啓が三歳になりますから」

「そうなのね。では、詳しいことは後日改めて」

「はい。あたしも、家計簿読まなくちゃ」

「いいんですよ、いつでも」

顔合わせに事務所に行く日時を決めて、電話は切れた。

時計を見ると、啓を迎えに行く時間まであと二時間ほどある。この勢いのままに、家計簿の続きを読んだ方がいいかもしれない、と思い立って、ずっと置きっぱなしになっていた紙袋を手に取った。

昭和二十一年のものは、ちゃんとした出版社発行の家計簿である。けれど、食費欄は空白が目立つ。サボっているのではなくて、書き込むことがあまりにもないからのようだった。食糧不足は相変わらずのようで、ただ、買い出しやヤミ市《いち》で、という表記が多くなっていた。戦中からずっと続いているが、買い出しはなかなかつらい仕事のようだ。混んだ電車に乗って農村まで行き、いじわるをされながら食物を手に入れ、また混んだ電車で帰ってくる。途中、警察に見つかって取り上げられてしまうことも多い。義母が行くこともあるが、あまりにも大変な思いをしたので、加寿が休日に行くことが多くなっていった。

学校は再開されているものの、戦前の教科書をそのままは使えないので墨で塗りつぶしたりしている。また、出征していた男性教師が戻ってきたりして、加寿の仕事がなくなるのではないか、という恐れがたびたび書いてあった。

「出征されていた大垣《おおがき》先生無事帰還される。学校は皆、喜びの雰囲気。涙ぐまれる先生、生徒。加寿も心からよかったと思うものの、心中複雑」「善吉さんは、いまだ戻らず。連絡もなく」「塗りつぶされた教科書。何がよくて、何が悪いのか。けれど、子らは素直」

それでも、戦争が終わって空襲もなくなり、貧しいながらも平和な日々が戻ってきたことへの安心感と活気が満ちあふれている。

「ヤミ市を歩いていたら、リルケの詩集を売っている人があり、思わず手にとった」

そして、昭和二十一年の夏、終戦から一年後、ついに善吉が帰ってきたという記載があった。

「八月十日　善吉さんが帰ってきた。隣にお米を借りに行き、お義母さまはただただ泣くばかり」「善吉さんが壊れた七輪を直してくれた。加寿がじっと見ていると、どうしたの、と聞く。帰ってきたのだなあ、と思って、と言うと、笑われた。お義母さまが、お前には加寿さんの気持ちはわかるまい、と言って泣かれた」「善吉さん、家の中のものを次々と直してくれる。そのたびに、どうだ、帰ってきたと思うか、と問うので、あれはあの時一回限り、と答えて二人で笑う。ありがたい。ただ、それがありがたい」

しかし、年末には状況が変わってくる。

「善吉さん、仕事見つからず」との一行だけで、彼のことはほとんど書かれなくなってくる。普段の料理のレシピや、学校の様子などばかりだ。

あたりが薄暗くなってきて、はっと顔を上げた。啓のお迎えの時間になっていて、慌てて家を出る。隣の家から、ニンニクをごま油で炒める強いにおいが漂ってきて、なんだか、やっと現代に戻れたような気がした。

＊　＊　＊

昭和二十年十月二十一日（日）

結婚した時に作った正月の晴れ着を持って、買い出しに行く。なんとか、大根、ごぼう、白菜などを分けてもらう。帰り道、警官につかまり、没収される。わずかごぼうだけ取られずに済んだ。没収した隣で、八百屋が警官から野菜を買い取っていった。ああ、父が母が苦労して作ってくれた晴れ着が、八百屋に持っていかれる。

帰りの電車の中から見た紅葉の山々は気高く美しく、ぼろぼろ泣いた。父母への恩、決して忘れまじ。

＊　＊　＊

野村みずきのパソコン教師を里里に頼むというのは、我ながらナイスアイデアだった、と晴美は思う。

まず、事務所でみずきとの顔合わせをし（真菜に送り迎えさせた）、授業をしてもらった。

奥の応接室にノートパソコンを運んでもらったのだが、時折笑い声が漏れてくるほどなごやかな雰囲気で、終えて出てきたみずきの表情を見ても、成功だったことは見て取れた。

「お疲れ様」

里里とみずきにどちらともなく、声をかけた。

「どうだった？　みずきさん」

みずきが満足しているのは、表情でわかったので、あえて里里の前で尋ねた。

「楽しかった！　里里先生、なんでも聞きやすいし、丁寧に教えてくれるし、女の人の方が気楽かも」

みずきは軽くジャンプしながら言う。

「そう。よかった」

晴美はみずきを真菜に送らせて先に帰宅させた。

「このあと、予定がある？」

今後の予定を打ち合わせてから、尋ねた。

「はい。娘の保育園のお迎えがあるので」

「あ、そうですね。では、駅前まで送りますので歩きながらお話ししましょうか」

二人は並んで、事務所を出た。

「どうでした。みずきさんは、やれそうですか」

「ええ。ブラインドタッチはまだ先になりそうですけど、若いからずいぶん飲み込みは速いと思います」

「そうねえ。なんだか、とても楽しそうだったわ。教え方が合ってたんでしょう。来週から、お宅の方でいいかしら」

「はい。あたしも楽です。昼間来てもらえば、娘の送り迎えにも支障がないですし」

「それはよかった。様子を見て、あの真菜ちゃんを送り迎えにつけるので、よろしくお願いします」

「はい」

二人は、谷中商店街の中を歩いた。

「このあたり、いろんな店がありますねえ」

「ええ。テレビやなにかでずいぶん紹介されているわ」

「あ」

里里が名物のメンチカツの前で立ち止まる。

「これ、買って行こうかしら。今夜のおかずに。啓も好きだし、これがあれば、あとはサラダとみそ汁だけ作ればいいわ」

彼女は肩をすくめた。

「手抜きだけど」

「あら、私に買わせて。今日はここまで来ていただいてありがたかったから」

「いいえ、そんな、とんでもない」

押し問答のあと「お言葉に甘えて」と折れて、晴美は自腹を切って二枚買った。

「ありがとうございます」

「いいえ。こんなことしかできなくて、ごめんなさい」

「助かります」

丁寧に頭を下げて、メンチカツを受け取った。

「助かったのは、私の方よ」

「かわいい人ですね。みずきさん」

「ええ。そうでしょう」

「男の人が、夢中になるの、わかるような気がする」

「ねえ」

「あたしね、晴美さん」

「ええ」

「いけないことなんですけど」

里里は首を傾けて、ためらいながら話した。

「なあに」

「つい考えてしまったの。この人と、自分はどこが違うのかなあって。どこが違って、彼女はああいう道に入ってしまったのかなあって」

簡単には答えられなくて、黙って小さく首を振った。

「あたしはあんなにきれいじゃないし、そんな機会もなかったけれど、もしも、そういう機会があったら、ビデオに出てたかしらって、つい考えてしまって……嫌な女ですよね」

「そんなことないわ」

「それなのに、みずきさんは先生先生って素直になんでも聞くの。あたしがそんなことを思っているなんて、考えもしないんでしょうね……なんて汚れた人間なんだって、思い知らされてしまった」

「汚れてなんかいないわよ」

「いいえ。でも、考えてみたらなにも違わないの。ただ、彼女には、なにかがたりないような気がしました」

「たりない？」

「ええ。なんだろう。ほんの小さなものだけど、別の女性と彼女を大きく隔てているもので、そして、それは……さっきは違うところだなんて言ったけど、たぶん、あたしにもたりないものなんじゃないかしら。あたしみたいに、シングルマザーになってしまった女に」

肯定しても否定しても、里里を傷つけそうな気がした。

「たりないものを教えてくれたり、あたえてくれるのが、晴美さんみたいな人たちなのね、きっと。だから、あたし、事務所に行くと安心するのかも。あそこ、好きです」

「そう言っていただくとありがたいけど、そんなに気にすることないと思う。立派にやっているんだから」

「でも、そんなことを考えながら、教えてたんです。晴美さんに、それだけは言っておかなきゃならないって。みずきさんは、純粋に頼ってくれたのに、ひどいですよね」

「そんな思いつめないで。私たちだって、日々、そういう気持ちと戦いながら、仕事をしているの。でも、いちいち深く考えてたら、先に進まなくなってしまう。だから、忘れることにしているのよ」

「本当に？　でも、そういう気持ちがわずかでも漏れたら、きっとああいう女性たちは晴美さんや事務所の人たちに背を向けてしまうと思うの。ああして会が続いているのはすごい努力なんだろうって、感心してしまいました」

駅に着いた。里里が切符を買おうとするのを止めて、また財布を開こうとした。

「いいえ、いいえ、いけません。そういうことをしてもらったら、逆にやりにくくなります」

「そうですか。では、ここはお言葉に甘えて」

晴美が今度は軽く頭を下げた。

「あたし、嬉しいんです。母子家庭で毎日が必死なだけの自分でも、こんなふうにボランティアできる機会があるなんて、晴美さんたちに近づけたみたいで嬉しいの」

「……………」

「家計簿のことは、また、改めてご連絡しますね」

「ええ」

里里は頭を下げて、改札に入って行った。

「あ、あの！」

思わず彼女を呼び止めて、改札の脇に駆け寄った。

「なんですか」

「あの、さっきの」

ああ、私は、言わなくてもいいことを言おうとしている、と晴美は思いながら、どうしてもやめられなかった。今言わなければ、今後決して口にすることはないだろうとも思った。

「ええ」

「さっき、私のことを立派だと言ってくださいましたけど」

「はい。立派な活動をしているって心から思っています」

「違うんです」

「え」

「ぜんぜん違うの。私は、ひどいダメな最低な人間なんです。立派な人間じゃないんです。なんとか償《つぐな》いたくて、こんなことをしているの。まるで聖人ぶって偉そうにしているけど、そうじゃないの」

「そんな」

「時々、忘れそうになるの。最低の人間だってことを。いいことをしているような気になってしまうことさえあるの。そんな身勝手な人間なの」

自分の手のひらを見つめながら、これまで誰にも言ってなかったことを、言いそうになっていた。前代表の倉田伸子にしか話したことのなかったことを、このたった二回しか会ったことのない女性に向かって。

しかし、すぐに立ち直り、呆然としている里里を置いて、あいさつもろくにせずに事務所に戻った。

＊　＊　＊

昭和二十年十二月三日（月）

木藤《きとう》先生が戦地から戻られる。隣の三年二組の担任につくことになった。

4

「啓ちゃん、みずきちゃん好きー」

「本当？　みずきちゃんも啓ちゃん好きー」

「一緒だねー」

「お揃いだねー」

レッスンが終わったあと、キッチンでお茶を淹れていると、隣の部屋から二人の声が聞こえてきて、里里は思わず微笑んでしまう。

みずきが部屋に週二回の割合で通うようになって、ほぼ一か月が経った。ほとんど客を呼んだことのない部屋に、仮にも元女優を招き入れることは緊張することではあったのだけれども、母娘二人のともすれば引きこもりがちな家庭にいい刺激を与えてくれていた。

みずきが来るのは平日の昼間だったのだが、一度みずきの歯医者の時間がどうしても合わないということで、啓も在宅している日曜日に来てから、すっかり二人はなじんでしまった。

若い女性が家の中に入ってくる、ということはこんなにも生活を変えるのだろうか、と驚かされる。

まず、みずきが毎回持ってくる菓子は、銀座や青山の有名店ばかりで、新しい風が吹き込んでくるような気になる。彼女のふわりとした華やかな服装も啓のお気に入りだ。保育園では、この頃、いつもみずきの絵を描いているらしく、急にピンクや空色のクレヨンが減るようになった。これまでは、紺やグレーばかりだったのに。時にはみずきが夕食を共にすることもあると、即席の料理教室が始まる。彼女はまったく料理ができないので、自然と、教えることになるのだ。そんな様子を、啓が嬉しそうに見ている。

みずきを送りに、時々、学生の真菜がついてくることがあって、これもまた、啓の楽しみの種になっている。そういう時にはレッスンが終わるまで、真菜が近所の公園で遊んでくれるからだ。真菜が来ない時、帰りは駅まで見送るのが習慣になっているが、今のところ、おかしな男の影はない。

「みずきちゃん、ご飯食べていく？」

里里はお茶を淹れながら、隣に声をかけた。

「え、いいの？」

「今日は、おでんだから、ひとりぐらい多くてもかまわないよ。煮てあるからすぐ食べられるし」

おでんにしたのは、彼女が来ることを意識してだ。

「里里さんちじゃ、夏でもおでん食べるの？」

初夏が来ていた。

「啓が好きだから、うちは一年中おでんはするのよ。残った練《ね》り物や野菜は、翌日、小さく刻んで炊き込みご飯にしたりできるしね」

「そうか。じゃあ、お言葉に甘えようかなあ」

「やったー」

おでんの土鍋をテーブルに運んでいると、みずきと啓が手を洗って、並んで座った。窓を開けると、夕方の風が入ってきた。これもみずきが来るようになってから時々買う缶チューハイを出して、二つのコップに分けた。

「里里さんのおでん、なんか、らしいね」

みずきの皿にいくつかの具を取り分けてやると、大根を箸で刺して、しみじみと見ながら言った。

「あたしらしいってこと？　なんで」

「大根はちゃんと面取りしているし、糸こんにゃくは縛ってあって、昆布は結んでるでしょ。子供がいるのに、丁寧だよね」

「そう？　普通だけど……みずきちゃんの家ではしないの」

「しないよう。うちじゃ、おでんはコンビニで買ってくるか、こんにゃくとか練り物とか、買ってきたの入れるだけだもん。大根はぶった切ったまま入れるから、煮崩れちゃってたいへん」

「でも、そういうの、おいしいじゃない。味がしみていて」

「里里さん、お料理とか、どこで習ったの」

「習ったって、別に……母がやるようにやっているだけ」

「お母さん、どんな人？　すごくすてきな人なんだろうなあ。家庭的で」

「ママのママ？　いるの？」

啓が驚いて、声を上げる。

「ママのママ、どこにいるの？　啓ちゃん、会いたいな」

「どこにもいないよ。みずきちゃんは勘違いしているの」

里里は啓の皿に大好物のウズラの卵入りの練り物を入れた。

「なあんだ。いないのか」

啓は、素直にウズラの卵を食べ始めた。

「この子は母に会ったことがないのよ」

小声でみずきに言った。事情を察してか、顔色が変わる。

「ごめんね」

「ううん。いいの。ぜんぜん」

真菜が来なかったので、食事が終わると、みずきを駅まで送って行った。

家に戻っても、啓は興奮が続いていて、風呂に入ったあともおしゃべりばかりしていた。話題はもちろんみずきのことで、彼女の服装や髪型、化粧やネイルについて事細かに話す。その観察力に、やっぱり女の子なんだな、と改めて気づかされた。

啓をやっと寝かしつけてから、里里は家計簿の続きをテーブルに広げる。ばたばたしていて、なかなか進まない。

昭和二十二年になっても、善吉の仕事が見つからないらしい。力仕事、ヤミ市の手伝い、自転車屋の手伝い……さまざまな仕事につくのだが、長続きしない。「善吉さん、仕事やめる」という一行が家計簿メモに小さく付け加えられていることが、何度かあった。

経済的にだってけっして楽でないに違いない。加寿一人の働きで、大人三人の生活を支えているのだから。家賃はかからないようだけど、かなり切り詰めているはずだ、と里里は身につまされて思いをめぐらす。里里自身も失業手当が出るとはいえ、月給の八十パーセントだから毎月ぎりぎりだ。先月はわずかな貯金に手をつけてしまった。仕事を早く決めなければ。ついつい自分のことを考えていることに気がついてはっとする。

祖父がどういう人間だったか、再度思い返す。やはり気難しく、笑ったところを見たことなど一度もない、という印象だ。だいたい会ったことも、あまりないのだが……なんの仕事をしているのかさえ考えたこともなかった。里里が幼い頃は、なんらかの仕事をしていたはずだけれども思い出せない。無口でいても不機嫌でいても、大人というのはそういうものだ、と認識していたような気がする。実家がそうだったから。母親はいつも冷たく、父親はいつも悲しそうな顔をしているのが、家庭の普通の風景だった。

しかし、今考えたってしかたがないことだ、と思い直し、家計簿に戻る。

善吉の仕事がなかなか決まらない理由はなんだろう。メモからは推測するのは難しいが……やはり気難しくて、人となじめなかったのだろうか。けれど、戦後すぐや出征前の家計簿には、まだ若い善吉のほがらかな姿も記されているのだ。

仕事を探して来るのは、もっぱら加寿の義母である母親と加寿のようである。それが気に入らないのだろうか。彼のプライドを刺激して。

家計簿の娯楽費の欄に、善吉の珈琲《コーヒー》代の文字が増えてきて、その年の半ばにはほとんど毎日になっている。善吉の本代、煙草代の文字もある。これは、きっと小遣いとして加寿が善吉に与えていたのだろう。

「ヒモみたい」

思わずつぶやき、眉をひそめた。

珈琲代の記載に比例して、二十二年の家計簿には、加寿の隣のクラスの担任になった木藤という男の話が多くなってくる。

「木藤先生より、暑い教室を出て子供たちと近くの森林を回り、生物の観察教室をしたらどうか、というお申し出あり。加寿は、生物は苦手分野であるので、一も二もなく飛びつく。けれど、校長先生の許可が出ず、二人で落胆す」

「木藤先生の、シャツのボタンが取れかかっていて、放課後、付け直して差し上げる。先生は独身で、お父様お母様を戦争中に亡くされている。加寿、戦争中の子供たちが疎開に行き、手紙をくれたこと、それなのに疎開地に行くこともできず、何もしてやれなかったことなどを話した。木藤先生は、私は戦地で戦ったが、加寿さんはここで戦っていたのですね、とおっしゃる」

彼は確か戦後すぐに戦地から戻ってきた男だと思いだし、二十年の家計簿をめくった。間違いない。二十年の十二月には教員として戻ってきていた。「木藤先生は腰の低い方。

戦地に行く前は私よりも先に教員をしていたのに、ここでは僕の方が後輩です、とおっしゃる」という記載もあった。

なんだか、嫌な予感で胸がうずく。夫善吉は仕事が決まらず、家でゴロゴロし、珈琲屋に入り浸っている。そこにさっそうと現れた独身の優しい聞き上手な教師……。

この男が、心中相手なのだろうか。

暗闇に向かって問いかける。その先には啓の寝顔があって、ふっと力が抜けた。おかげで戦後の時間から抜け出せたようだった。今夜は終わりにしよう、と家計簿を閉じた。

電気を消して、ベッドの啓の隣に体を滑り込ませる。温かく湿り、甘い匂いのする啓を起こさないようにそっと抱きしめた。

大丈夫、あたしには、この現実がある。けれど、頭を上げてテーブルの上を見れば、まだ開かれていない家計簿の束が、暗闇の中に白く浮かんでいた。

あれは、自分を強く傷つけるかもしれない。強く力づけるかもしれない。どちらでもないかもしれない。どんな結果が出ても受けとめよう。あたしは傷ついたりしない。もう子供ではない。あたしには、この子がいるのだから。

啓を抱きしめて、里里は目をつぶった。

＊　＊　＊

昭和二十一年二月四日（月）
今日も善吉さんからご連絡なし。
ヤミ市から戻ったお義母さまが、ため息をついて、まあなんでも高いこと、とおっしゃる。アメリカ産のコンビーフ缶を売っていたけど四十円でしたよ、誰が買うのやら、と。アイスキャンディも去年は五十銭だったのが一円だ。物価高はいつになったら終わるのか。

＊　＊　＊

朝から、晴美たちの活動を取材する目的で、ウェブマガジンの記者が来ている。

事務所の写真と、話している晴美の写真を撮ったあと、事務所でライターの女性にインタビューを受けた。

彼女は晴美と同じか少し上の年齢と見えたが、袖なしのタートルネックのサマーニットに髪型やメイクも完ぺきで、さすがにマスコミの女性だと感心してしまった。晴美の方はいつもと変わらない半袖のダンガリーシャツにジーパンをはいていた。

ざっと会の概要などを説明したあと、話は自然に晴美のことに流れた。

「三浦さんは、どのような経緯で、こういったＮＰＯ活動をなされているんですか」

会の存在が世間に広まるのは、対象となる女性の目に留まるためにも必要だし、寄付を募るうえでも大切なことなので、積極的に取材を受けるようにしている。だから、活動について話すのはわけないことなのだが、自分については、何度経験しても慣れない。

「私が立ち上げた活動ではないんです。前代表の倉田伸子が『女性自立推進協会』として始めた団体がもとになっておりまして」

慎重に答える。

「ええ。活動に三浦さんはどういう過程でお入りになられたのですか」

「大学時代の担当教授が倉田と知り合いでして、紹介されて手伝ううちに……」

それは大学時代だけのことで、ＯＬを経験したのち、またここに戻ってきたのだが、ぼかして話した。

ライターは一時間ほど話して帰って行った。会員さんたちや面接に来た女性には顔を出したくないものも多いから注意しなければならない。原稿と写真のチェックだけは必ずさせてもらうことを約束した。

「代表、もっとおしゃれすればいいのに」

二人が飲んだお茶を片付けながら、真菜が軽口をたたく。事務所の他の人間も同じように感じているのか、笑いが広がった。

「私がおしゃれしたってしょうがないじゃないの」

「世の中、なんでも見栄えの時代ですよ。代表が若くてきれいなら、寄付だってもっと集まるかもしれないのに」

「だったら、次は真菜ちゃんに取材を受けてもらおうかしらね」

冗談で返したつもりだったのに、口調が思いがけずきつく冷たく響いたらしい。部屋の中はしんと静まり返った。しまった、と思った時には遅かった。

真菜はそそくさと茶碗を持って給湯室に入り、事務の檜山がフォローのためにそのあとに続いて行った。真菜はしっかりした娘だが、学生ボランティアはちょっとしたことでもやめてしまうことがあるので、気を遣ったのだろう。晴美は気まずい雰囲気を感じながらも、仕事に戻った。

私は立派な人間じゃないんです。

里里に言った言葉が、逆のベクトルとなって、胸に突き刺さる。

そうだ、すべてはそれなのだ。私は、皆に褒めてもらえるほど、立派な人間じゃない。最低の、人間のクズだ。それなのに、それを忘れようと、仕事に打ち込めば打ち込むほど、人は勘違いする。己の人生を犠牲にして他につくすマザー・テレサのように。

それが痛いから、聖女扱いされればされるほど居心地が悪い。過去が全身を突き刺す。自分のことを話しながら、喉の奥にものが詰まったような違和感があった。

学生時代、ここでボランティアをしていたのは嘘ではないが、担当教授の覚えめでたく、就職活動に有利になるかもしれない、という利己的な気持ちからだった。よくて社会勉強のため程度。親が厳しくてアルバイトをさせてくれなかったから、その代わりでもあった。

真菜の方がずっとしっかりしているし、気が利いて熱心だ。給湯室から下を向いて出てきた彼女に、目を合わせて、にこっと笑いかけてやった。素直な真菜は安心したように、ぱっと表情を明るくした。

先日、里里と話した時に思わず、そんな立派な人間じゃない、と言ってしまったが、理由はまだ話していない。

私は人を殺した女なのだ。そう言ったら、彼女はどんな顔をするだろうか。

＊　＊　＊

昭和二十一年二月十六日（土）

夕刻、お隣の三村《みむら》さんが慌ててうちに来て、「聞いた、預金封鎖」とおっしゃる。明日から預金がおろせない、とのこと。そんなばかな、と笑ってしまった。三村のおじさまはすぐに銀行に行かれたそうで、夜、お戻りになったが、銀行は閉まっていてどうしようもなかったらしい。明日、一緒にまた銀行に行くお約束をする。

＊　＊　＊

啓が保育園に行ったあと、家計簿を手に取ると、ざらりとした手触りがどこか痛みとなって指先を刺した。

数日前なら、またしばらく読むのをやめてしまったかもしれない。けれど、向き合うと決めたのだ。里里は息を吐いて開いた。

昭和二十二年の後半からだ。

相変わらず、善吉の仕事は決まらない。その中の一行に目が釘付けになった。

「昨夜より気分が悪く、ついに今朝は吐いてしまったので、皆本《みなもと》医院に行く。おめでただと告げられる」

母親、朋子の生年月日を思い出す。確か、昭和二十三年の五月だった。ならば、時期はきっちり合うのだ。やはり、この加寿が朋子の母親であり、善吉の最初の妻であったと考えるのが、妥当だろう。

加寿は、妊娠しても仕事は続けている。夫が無職なのだから、当たり前と言えば当たり前だ。つわりについての詳細なメモがあった。どんな食べ物がだめなのか、一日のうちでいつがだめなのか。

「お義母さまに小さな握り飯を作ってもらい、学校に持っていく。気分が悪くなった時、休み時間などに口にすると、なんとかつわりが治まる」

胃がきゅっと縮まるような気がした。里里も「食いづわり」のたちで、妊娠中は食べ物をいつも持ち歩き、気分が悪くなると一口ずつ食べてしのいでいたのだ。さらに、「朝のむかつきは、どうしても防ぎようがない。げえげえと声を上げて、吐くものもないのに吐いてしまう」という記述には、わかる、と声を上げそうになった。里里も寝起きのつわりがきつい体質だった。これればかりはいろいろ試しても軽減することができなかった。

特有の甘酸っぱい唾液が口の中に広がった感触をありありと思い出す。やはり親族は体質が似るのだろうか。これまで感じたことのない、体が震えるような感動があった。母親朋子に反対されて子を産んだ里里には、そういうことを相談する相手が誰もいなかったから、まったく初めての体験だった。妊娠した頃、母に相談して、同様の体験をしたのかどうか話し合えたら、どれだけ安心だったか。

この人はきっと血のつながった人だ。あたしのお祖母ちゃんだ、きっと。その確信は、名前を見たり、晴美の話を聞いたりした時以上のものだった。しかし、血を分けた祖母が、もしかしたら、子を捨てて男に走った女かもしれないのだ。そう思うと、ページをめくる手が鈍《にぶ》った。

つわりについての記述は詳細でも、加寿自身の、妊娠についての気持ちはほとんど書かれていない。時折、記されるのは、不安ばかりだ。

「学年主任と教頭先生におめでたを告げる。お二人とも喜んでくださるも、仕事を続けさせてほしいと頼むと、顔を見合わせられた。話し合わせてほしいとおっしゃった」

「学年主任に呼び出され、再度、産後の仕事について確認される。恥を忍んで、夫の仕事が見つからないので、と話すと、やっと納得していただけた」

「学年主任より、正式に、産後も仕事が続けられる旨お許しを受けた。生まれる前まで働き、産後三週間程度の休みをいただける。その間は、教頭先生に代わりを務めていただく。教頭先生の特別なお口添えあってのこと。ありがたし。

嬉しくて、帰宅し、お義母さまと善吉さんに告げるも、ああそう、という反応」

なんと、産前の休みはなく、産後三週間で出勤……とても信じられない。当時としてはいい方だったらしく、加寿は職場の人に対する感謝をたびたび書き込んでいた。確か、教頭先生は、彼女の小学校の担任で、教員にならないかと誘ってくれた人だったはずだ、と思い出した。

「お義母さま、先生を続けていたらあなたが学校に行っている間、子供はどうするの、とお尋ねになる。お義母さまと善吉さんにお願いする他はありません、と頭を下げる。子供がかわいそうねえ、と言われた」

加寿はちくちくと嫌味を言われる様子を逐一、家計簿に記している。善吉が無職なのだから嫌味を言ってもしかたがないのに、姑《しゅうとめ》としては忠告せずにはいられないのだろうか。もっと言い返してやればいいのに、と他人事ながらいらいらした。加寿もまた、どこか彼らに申し訳ない気持ちを抱いているからなのだろうか。

しかし、ある時から様子が一変する。

「昨夜、布団に寝転がって雑誌を読んでいた善吉さんが、一言。俺が働いていれば、加寿に教師なんてケチなことさせないのにごめんよ、と。寝床に入っても、その言葉を考える。善吉さんが働いていて仕事をしなくてすむ、そう考えたらぞっとした。やめたくない。教師を続けたい。善吉さんが働けないから、働くのではない。加寿がしたいのだ。そうわかった。教師は私の仕事。もう、犠牲になっているなどと考えるのはやめよう」

加寿は目覚めたのだ。覚悟を決めた気持ちが手に取るようにわかる。それからは、嫌味を言われても明るく返している。

「お義母さまより、母親と一緒にいられない子供の悲しさをとくとくと言い聞かされる。私の子はお義母さまと善吉さん二人にかわいがられるでしょうから幸せですね、と答えた」

加寿の気の持ちようなのか、嫌味の記述は次第に減っていった。けれど、目覚めとともに、夫への気持ちはさらに離れていくようだった。

「善吉さんが、また、俺がだめだからお前を働かせているのが心苦しい、と言ってきた。そんなことはないの、あなたに仕事があっても私は続けるよ、私のためなの、と答えるも、きょとんとした顔」

「たびたび、善吉さんは私にすまない、と言う。そのたびに、違うと言い続けるのだが無理をしていると思っているらしい。加寿の言葉はあの人に聞こえていない」

善吉や義母には理解できないようだ。時代もある。そういう気持ちは一般的ではなかったのだろう。

加寿が妊娠して、あの木藤はどうしたのだろうか。気になっていたところ、年末に記されていた。

「放課後音楽室でピアノを弾いていたら、木藤先生が入ってきた。五十鈴先生のピアノは特別いい音がする、と言われたあとで、お子さんができたんですか、と静かに尋ねられた。はい、いろいろご迷惑をおかけします、と答えた。先生は、五十鈴先生のピアノが僕は好きなのでこれからも聴ければそれだけで幸せです、と言って部屋を出られた」

その年には、木藤について、もう何も書かれていなかった。

今日はここまでにしよう。

家計簿を閉じて目がしらをもんだ。印刷されていない文字は読むのが疲れる。加寿は端正な文字だけれど、活字の本を読むのとは違う疲労感があった。あるいは、そこに込められた、思いの大きさが疲労させるのかもしれない。

今日は収穫があった。加寿とのつながりを感じることができた。

閉じたばかりの家計簿を開いて、つわりの部分の記述を読み返す。やはり、自分が妊娠した時と同じ症状であるように思える。

めずらしく、このことを誰かに伝えたくなった。けれど、こんなことを気安く話せるような人はいない。ましてや平日の昼間だ。

……晴美さんに連絡したらいけないかしら。

ふっと頭に浮かんだ。というより、彼女しか浮かばなかった。

でも、きっとお忙しいに違いない。

けれど、忙しそうだったら、概略だけ伝えて、すぐに切ればよい。彼女だって何かがあればすぐに連絡して、と言っていたのだから。

そう言い訳して、思い切って、スマートフォンを操作した。

「あら、里里さん、先日はありがとうございました。私も電話しようと思っていたところ」

弾《はず》んだ声が聞こえて、気持ちが軽くなる。

「すみません。お仕事中でしょ。お忙しかったら、あとでかけなおしますけど」

「いいのいいの。今ちょうど、面会が終わったところだから」

待っててねと断って、しばらく間が空いた。どこか、話しやすい場所に移動している様子だった。

「ごめんなさい。大丈夫」

「大丈夫ですか」

「ええ。休憩所……って言っても、給湯室ね。そこに来たの。ちょうど、お茶を飲みたいと思っていたから、失礼するわね」

かすかに喉の鳴る音が聞こえて微笑んでしまった。

「実は、あれから、家計簿を読んでわかったことがあったものだから」

先ほどの、加寿とのつながりを説明した。つわりの症状がよく似ていること……けれど、勇んで電話したできごとは、話しているうちに、なんだか、たわいもないつまらないことに思えてきた。

「ごめんなさい。お仕事中に、こんなことで電話してしまって」

つい、声が小さくなる。

「ううん。そんなことない、逆よ、逆。なんだか、私、感動していたの。こうやって人生とか、人間ってつながっていくんだって。里里さんは、ついこの間まで、加寿さんの名前も知らなかったんでしょ。なのに、今はゆかりを感じている……」

「そう、そうですよね……」

里里は涙があふれていた。

「そうなんです。晴美さんが連絡してくれたおかげで、やっと肉親の……生のつながりを感じられた様な気がします。ありがとう」

「そう言ってもらえると、私の方が嬉しい」

こうやって思うまま泣くなんて、何年振りだろう。

電話なのに、どこか、晴美に頭をなでられているような安らぎを感じて泣き続けていた。

＊　＊　＊

昭和二十一年二月十七日（日）
銀行はやはり休みだった。門を叩けど開く気配もなく、どうすることもできない。銀行の周りには人が集まっていて、口々に、日本はいったいどうなるのか、と言う。

＊　＊　＊

「どうですか、みずきさんのレッスンは」

「大丈夫です。順調に進んでいます」

里里の鼻声に明るい笑いが含まれ始めて、晴美はほっとした。

先ほどまで、祖母加寿の話をして泣いていたのだが、世間話をしているうちに、気持ちが凪《な》いできたようだった。

「お宅を教室に使わせてもらって、申し訳ないのだけど」

「いいえ。あんなきれいで若い人が家に来てくれると、なんだか、うちの中も華やかになっていいですね。娘も喜んでいます」

具体的に、いくつか例を挙げて、啓とみずきが仲良しであることを話してくれた。これだけ言ってくれるなら、歓迎していると言うのは気を遣ってくれているのではなく真実なんだろう、とさらに安心した。

「よかった。あの男はどう？　みずきさんに付きまとっていた……」

「今のところ、特に問題ないみたいですね。真菜さんも来てくれているし……このあたりで見かけたことはないですね」

里里にはパソコン教室のＨＰに載っている彼の顔写真を見せて、注意するように頼んであった。

教室の方にはかなり強く抗議したのだが、地元中学の元校長だったという経営者は、

「きれいな人にのぼせ上がるなんて、若い時には一度や二度あることじゃないですか」とのんびり言うばかりでらちが明かなかった。

「家計簿ですが、あと少しで読み終わりますから、そうしたら、また、お会いしてお話しします」

「無理しなくてもいいのよ。お宅の家庭の事情にも触れることですから」

「ええ。もちろん、家計簿を読んでどうしてもお話しできない、ということもあるかもしれません。だけど、できたら話を聞いていただきたいです。あたしには、このことで相談する相手は他にいませんし、たぶん、読み終わったら誰かに話さずにはいられないんじゃないかと思います」

「そう。いいけど、無理しないでね」

「はい」

「あと、うかがいたいんだけど、里里さんはパソコンについてどのぐらいまで教えられるのかしら。詳しく話してもらっていい?」

「え。教えることですか。そうですねえ。先生としてちゃんとした教育を受けたわけじゃないけど、ワードとエクセルとかパワーポイントとかの一通りのことと、ウェブ制作、フォトショップとか……」

そのあと複雑なカタカナ用語を続けたが、ほとんどは晴美には意味がわからなかった。

「そのあたりなら、資格も取ってますし、そこそこ教えられると思います」

「なるほど、すごいわねえ」

「いいえ、たいしたこと、ないです」

では、家計簿を読み終わったらまた連絡ちょうだいね、と約束して、電話を切った。

里里と加寿の血のつながりを浮かび上がらせた家計簿……彼女も言っていたようにそのきっかけはかすかなものかもしれない。けれど、あの冷静そうな女性を激しく泣かせるほど、強い衝撃を与えたのだ。

はっきりと聞いたことはないが、たった一人で子供を育て母親の手伝いや援助はまったく受けていないようだ。そこには理由があるようだが……さっきも、「やっと肉親の……生のつながりを感じられた様な気がします」と言っていた。母親とは連絡を取っていないのだろうか。だからこそ、あれだけ気持ちが揺さぶられたのかもしれない。

みずきが瀧本家になじんでいる様子にも、ほっとした。彼女のような人は、ああいう別の家庭を知ることも大きな勉強になるだろう。彼女が憧れている「普通のきれいなオフィス」の話など聞けたらいい。

里里のパソコンスキルについて尋ねたのは、実は、晴美に一つの考えが浮かんでいたからだ。それは「夕顔ネット」で働いてもらえないか、ということだった。

これまで外注していた会員たちのパソコン指導をはじめとして、ウェブ制作、会員の名簿や進路などのシステム化をしてもらったら、どうだろう。

もちろん、あまり多くの給料は払えない。その分、仕事もそう忙しくない。代わりにこのビルの四階にある、会員たちの一時避難のために作った部屋に里里たちに住んでもらったら……という考えが浮かんでいた。

幸い、部屋は二つあって、どちらもマンションのようにちゃんとトイレ・バス・キッチンがついている。今のところ、住む人はなく、この間も「あそこ、誰かに貸して活動費にした方がいいんじゃないかしら」と冗談を言う人がいたぐらいだ。

給料は安いが、里里は啓との時間を持つことができるし、ある程度安定した生活ができる。

もとはといえば、祖母、加寿が寄付した土地だ。彼女が住んで、なんの支障があろうか。いや、むしろ、そのぐらいのことをしないと気が済まない。

この計画はまだ誰にも話していない。たぶん、他の人には、大反対されるだろう。特に曽我には。

けれど里里の気持ち次第で、少し無理をしても押し通すつもりだった。彼女こそ、ここに住む、正当な人間なのだから、加寿だって喜ぶはずだ。

午後、事務所に届いた手紙を整理していた真菜が、晴美宛ての手紙を数通机の上に置いてくれていた。

ほとんどがＤＭだが、時には、過去の会員さんから現状報告や感謝の手紙が届くこともある。何の気なしに、手紙の束を手に取って、順番にめくった。

白い封筒に手書きの文字が、目に突き刺さるように入った。

差出人を見るまでもなかった。筆跡には、見覚えがあった。十五年以上は経っているはずなのに、忘れてはいない。ゆっくりと裏に返す。

永田義道。

やはり、その人だった。

体中の血の気が引くのがわかる。何も考えないようにしてバッグの中に落とした。

夕方、仕事を終えて、職場から自転車で十分ほどの一人暮らしのアパートに戻った。自転車置き場で、アパートの一階に住んでいる老女と顔を合わせて、会釈をする。

「ずいぶん、暑くなってきたわねえ」

白髪をきれいにまとめた老女は、ブルーと白のワンピース姿で微笑んだ。

この人は、いつも身綺麗にしているな、と思いながら、「体に応える暑さですねえ」と当たり障りのない挨拶をした。

「二階は屋根の熱で暑いでしょう」

「はい。帰宅すると部屋の中がむっとしていて、空気の入れ替えが大変です」

「そうよねえ。まあ、夏になれば一階も二階もないものだけど」

彼女がゆっくりと部屋に入っていく様子を見て、ふっと老後を考える。

あんなふうに歳をとっていくのだろうか。一人で。

かまわない。会の仕事を精いっぱいやって、できなくなったらその時はその時だ。

けれど、一抹の寂しさは、いかんともしがたい。

私はもしかして、家族を求めているのだろうか。それで、里里たちをビルに住まわせようと考えているのだろうか。

いや、彼女たちによかれと思ったことだ。加寿にも恩返しをしたい。だけど、もしも寂しさを紛らわすためという気持ちがわずかでもあるなら、彼女らに重荷を背負わせることになる。それはいけない。そんな気持ちを外に出さないようにしなければ。

こんなことを考えるのも、今日届いた封書のせいかもしれない。

アパートの階段を体を引きずるようにしてのぼりながら、ぼんやり考える。永田とは何年振りだろうか。やっぱり十九年か、二十年ぐらいだろう。

部屋に入って反射的に窓を開け放った。老女にはああ言ったが、実はそう暑さを感じてはいない。

昼間、永田からの封書を見てから、体の感覚をほとんど失ってしまっていた。あれから、午後、どうやって仕事をしていたのか、覚えていないほどだ。たぶん、無意識に体を動かしていたのだろう。

窓をすべて開け終わると、崩れるように椅子に座って、バッグから封書を取り出し、テーブルの上に置く。手を付けずに、しばらく眺めた。

目の前に座っている椅子と同じ形のものが、もう一つある。ここに越した時に、テーブルとそろえて、二つ椅子を買った。そういうものだと思って。けれど、その椅子に、他の誰かが座ったことはほとんどない。

そういう生活を、ずっと続けてきた。永田と最後に会った日から。すべてを封じ、すべてを断って、仕事に打ち込んできた。

部屋の中が暗くなってきた。立ち上がって電灯をつけ、窓を閉めて回った。軽く冷房を入れる。

こうしていてもしょうがない。テーブルのわきの引き出しから、ハサミを出してきて、丁寧に手紙の封を切った。

「三浦晴美さま

お久しぶりです。お元気ですか。

先日、ネットニュースを観ていたところ、あなたが、女性のための自立支援団体の代表をしているという記事を読みました。すばらしいお仕事をしているようですね。あなたらしいと、大変感心しました。ネットで検索して住所を知りました。

僕は、あなたが会社を辞めてからも、しばらく勤めていましたが、転職し、それからもいくつか仕事を替わって、今は生涯学習教材を扱う会社に勤め、企画や制作をしています。

もしかしたら、あなたの仕事のご協力ができるかもしれないと思って、お手紙差し上げました。

機会があったら、一度お会いできませんか。

それでは、暑さの厳しい折ですが、お体ご自愛くださいませ。

永田義道」

＊　＊　＊

昭和二十一年二月十八日（月）

二月二十五日に新円が発行され、旧円は十円札以上が三月二日で無効になるそうだ。七日までに旧円はすべて預金しなければならない。お義母さまと顔を見合わせてはどうしたものか、とため息。結局、お上の言われる通りにしないわけにはいかないのじゃないかね、とお義母さまは言う。

寝しなに、善吉に相談なしにしてしまっていいものかね、とぽつりとおっしゃった。

＊　＊　＊

このところ、里里は二つの時代を生きているように感じる。

加寿の家計簿に記されている戦後すぐの時代と、啓や晴美がいる現代の世界と。

彼女らがいてくれるから、かろうじて現実から逸脱せずにすんでいるのだ。加寿の家計簿には強力な吸引力があった。読み終わると、しばらくぼんやりしてしまう。啓のお迎えの時間や、夕食の準備があって幸いだった。

そんなことを考えながら、昭和二十三年の家計簿を開いた。

その年の五月二十一日に朋子が生まれた。

朋子であることは、間違いがない。五月二十二日の家計簿に「昨日早朝、女児出産。二千六百五十グラム。善吉さんが朋子と名付けた」と簡単に書いてあり、母の誕生日だったからだ。

しかし、その後しばらく記載はない。たぶん、慣れない育児で忙しいのだろう。

家計簿自体もお休みになっている。白紙の状態が続いた。ただ、人からのお祝い品や、善吉の言葉が断片的に書かれている。

「善吉さん、朋子の顔を飽きずに見ている。帰ってきて子供の顔が見られてよかった、と」「お隣の三村さんより、さらし一反《たん》いただく。なによりもありがたく、押し戴《いただ》いた」

予定通り、三週間後に出勤している。「本日より、出勤」と一言、書いてあった。最初は、便所で母乳を搾《しぼ》って捨てたりしていたようだが、朋子が人工乳を飲まないし、経済的にも悪いので、お昼休みに義母に連れてきてもらって、小遣いさんの部屋で乳を飲ませている様子が描かれている。

「お義母さま、腰を低くして、すみませんすみませんと小遣いさんに謝り、身を小さくして待っている。乳を飲ませるとそそくさと帰っていく。授乳の間、朋子がじっと私の顔を見ている。なにか言ってやりたいと思うが、疲れてしまって頭がまわらない。

「家に戻って炊事を手伝い、善吉さんとお義母さまが食べている間に授乳をし、朋子を寝かしつけ、残り物を食べて三人分の後片付けをしたら、なんの力も残っていない。お義母さまも善吉さんも、すでに寝ている」

朋子が生まれて一時期は円満に戻ったかに見えた家庭も、またきしんでいくようだ。

「帰宅すると、朋子が、火がついたように泣いている。横でお義母さまは炊事、善吉さんは寝ながら雑誌を読んでいる。加寿が朋子を抱き上げてあやしていると、お義母さまが、母のいない子はかわいそうねえ、と」

「お義母さまが朋子が重いので学校におぶっていくのがつらいとこぼされるので、善吉さんに連れてきて頂戴と何気なく頼んだ。男が行けるか、と大声。お義母さまも顔色を変えて、そんなみっともないことができますか、と怒鳴った。では、どうすればいいのか」

愚痴がずっと続いている。読んでいても、辟易《へきえき》するような話ばかりだ。善吉はまったく働く気がなく、家でごろごろしている様子なのに、家事は手伝わず、朋子の面倒もみない。義母は文句は言うが、息子には手伝わせない。異常にプライドが高い親子なんだな、と哀れに感じるものの、仕事がないからこそ、意固地になっているのかもしれないと思う。いや、これが戦後の家庭の現実なのかもしれない。義母とは、戦中戦後、善吉がいない時の方がうまくいっていたようだ。彼が戻ってから、どうもぎすぎすしている。

里里は結婚をしていないし、父方の祖母との付き合いもほとんどなかったから、義理の母親というものの感覚がまったくわからない。だから、そういう嫁姑問題は、ドラマや小説の中ぐらいから推測するほかないが……たとえ、息子とはいえ、嫁が苦労しているというのに、これほど息子のことをかばうものなのだろうか。親子愛が恐ろしいようにも感じる。

そして、二十三年の後半には、また、あの木藤がちらほらと顔を覗かせるのだ。

「今日は、朋子が朝から熱を出していた。放課後、テストの採点をしていたら、木藤先生が、残りはやっておくから、家に帰っていいですよ、と言ってくださった。ありがたくお言葉に甘えた」

「秋の体育祭委員に推薦されたが、とても余裕がない。困っていると、木藤先生が代わってくださった。お礼の申しようもない」

「今朝、自転車に乗って行こうとすると、善吉さんが、俺が使う、と言う。帰宅の道はすでに暗く、とぼとぼ川べりを歩いていると、後ろから自転車の木藤先生が来て、荷物を載せてくれた。いろいろ話しながら歩いた」

うわーやばいでしょ、と思わずひとりごとをつぶやいてしまった。しかし、そうやって木藤と帰宅することはたびたびあって、二十三年を終えている。

昭和二十四年の家計簿は、最後の一冊だった。この年で家計簿をつけるのをやめてしまったのか。つけられない事情があったのだろうか。

年越ししても、五十鈴家がぎすぎすした状態なのは、あまり変わりがない。救いは、「つかまり立ちができるようになった」とか「重湯《おもゆ》を飲んだ」「歯が生えてきた」といった、朋子についての文章だった。

あの母親に、子供の頃があったなんて、うまく想像できない。けれど、確かにそこには赤ん坊の朋子がいて、仕事で忙しい中、加寿はいつくしんで育てている。

お母さんもこの家計簿を読めばいいのに、と思う。けれど、無理だろう。ここに送ってきた経緯を考えると、彼女にはまったく気がないはずだ。現に手紙にも「報告する必要はありません」と書いてあったのだから。たとえ朋子への愛情が書かれているといっても、木藤についても記述があるのだから、彼女がどう感じるかわからない。

木藤との仲は、さらに親密さを増しているようだった。

「放課後、木藤先生に次の課題についてご相談。気がつくと、家のことなど話してしまっている」

「校長先生から木藤先生に、お見合いのお話があった様子。どうしたらいいですかねえ、と相談を受ける。先生はお優しいからお嫁さんはきっとお幸せですね、とお答えした」

「木藤先生、お見合いの話はお断りしたそうだ」

数日後の記述に息を吞んだ。

「放課後、音楽室でピアノの練習をしていたら、木藤先生が入っていらした。じっと加寿のピアノを聴いておられるので、緊張して間違えてしまった。お見合いをお断りになられたのですか、と尋ねると、加寿さんが諦められないのです、と言われた。驚いて音楽室を飛び出してしまった」

それからは怒濤《どとう》のような展開だった。里里は木藤についての記述がある部分だけを拾って読んだ。ページをめくるのがもどかしいほどだった。家計簿の記載がなくなるまでは一か月ほどしかなかった。

ラストのページを読み終えると、顔を上げた。そして、震える手で、スマートフォンを出した。

*　　*　　*

昭和二十一年二月二十日（水）
ヤミ市の値段は、もうすべて七円とか八円ばかり。十円や百円は受け付けない。釣りはいらないと言っても洟《はな》もひっかけない。

＊　＊　＊

家計簿についてお話があります、という電話が里里から来たのは、週末の夕方のことだった。

「わかりました。祖母のことが、わかりました」

声が震えていた。

「大丈夫？」

「大丈夫です。ただ、もしかしたら、三浦さんをがっかりさせる結果かもしれません」

「がっかりさせる？」

「三浦さんは、ずっと祖母をかばってくださってたけど……やっぱり、祖母はだめな人間なんです。あたしと同じように。きっと三浦さんは失望されるでしょう」

「私は、どんな内容であろうと、がっかりしたり失望したりはしないわ。加寿さんにも、里里さんにも。だけど無理して話さなくてもいいのよ」

ふっと視線を感じて顔を上げると、声が聞こえたのか、向かいの席の曽我がじっとこちらを見ている。覗き込むような目だ。加寿やこの団体の存続でなくて、晴美自身を。

立ち上がって、給湯室に入った。

「お会いして話せますか」

「ええ。もちろん」

「子供には聞かせたくない話だから……親ばかと思われるかもしれないけれど、啓はこのところ大人の話をずいぶんわかっているようなんで」

「もちろん」

三日後の月曜日の昼間、駅前の喫茶店までくることを約束して、電話が切れた。

見越したように給湯室に曽我が入ってきた。外で耳を澄ませていたのかもしれない。

「その電話、五十鈴加寿さんのご親族の方ですよね。あのみずきさんにパソコンを教えている」

「ええ」

曽我らしい、単刀直入な言い方だった。

どこが悪いのですか、という意味を込めて、強くうなずいた。彼女とは一度きちんと話さなければならない、と思いながら、ずっと後回しにしてきた。このところ、曽我とは仕事以外のことではほとんど話すことがない。

「代表が、手紙を出されたのは知っていました」

曽我が、神経質そうな目をしばたたかせながら、得意そうに言った。

ああこの人はいつからこんな言い方をするようになったんだろう。伸子が生きていた頃は、お金には細かいけれど、だからこそ信頼できる、気のいいおばさんだったのに。

「どうせ私の言うことなんて代表はお聞きにならないでしょうけど、警告だけはさせていただきます。その人からこの土地を返してくれと言われたら、代表はどうするおつもりですか。そのせいで『夕顔ネット』の存続があやうくなったりしたら、前代表や応援してくださった方々に、どう言い訳されるんですか」

「曽我さんにご心配かけているのはごめんなさい。だけど、里里さんはそういう人じゃないし、今までだってそんなこと一言も言わないわ」

「だから、甘いんですよ。今はいいかもしれないけど、人間はどう変わるかわからないんですよ。これから何十年もその人に取られるかもしれないと思って、びくびくしていかなきゃならないんですか」

逆にいい機会だと、考えていたことを話すことにした。里里と娘を建物の四階にあるマンションタイプの部屋に住まわせたらどうか、という提案だ。

曽我は文字通り、目を剝《む》いた。細くて小さい目を見開いて、吐き出すように言った。

「生活が厳しいというなら、私だってそうですよ。うちだって、息子二人を抱えて、亭主の安月給で、精いっぱいやっているんです。どうしてそんなぽっと来た女に、いい思いさせてやんなきゃならないんですか」

「でも、加寿さんの孫なのよ」

「血がつながっていれば、なんでもできるんですか。この会や前代表の趣旨ともずれていますね」

「どういうこと？」

「身寄りがいない、または、親族がいても誰にも頼れない、そんな水商売の女性たちを救うためにあるのが、このNPOです。血筋に重きを置くようになったら、おしまいです」

「そうじゃないわ。水商売も含めて、困っている、苦しんでいる女性すべてを助けるお手伝いをするのが、会の趣旨よ。彼女はシングルマザーで、苦労されている。助けることのどこが悪いの」

曽我は平べったい目でにらんだ。

「もしも、代表が、どうしてもその人をここに住まわせたいと言うなら、私はやめさせてもらいます」

そして、音をたてて扉を閉めて、出て行った。

三日後、晴美が待ち合わせの「パピヨン」に入っていくと、すでに里里は奥まった席に座っていた。

「お待たせ。こんにちは」

彼女はさっと顔を上げると、弱々しく微笑んだ。テーブルの上には、九冊の家計簿が重ねられていた。

「こんにちは。お忙しいところ、すみません」

「いいえ。大丈夫」

オーダーを取りに来たウエイトレスに、二人ともブレンドコーヒーを頼んだ。

「簡単にご説明しますね」

緊張しているのか、世間話をする余裕はないらしい。

「ええ」

善吉が出征し、加寿が国民学校教員になったあと、義母と二人、戦中の厳しく心細い生活を続けて行った。生徒たちの集団疎開が始まり地元に残った加寿にも手紙が来て、彼女も苦しんだ。戦後、復員兵《ふくいんへい》が帰ってきて教員の仕事をやめなければいけないのではないかとおびえた。

「祖母の旦那さん……あたしにとっては祖父が戦争から戻ってくるのは遅かったみたいです。戦後一年ほどしてやっと戻ってきたんです」

「そういう話、これまで聞いたことあったの？」

「いいえ。祖父とはほとんど話したことがなくて……もともと無口な人でしたし」

善吉は戦争から帰ってきて仕事につけず、家でぶらぶらする、ヒモのような生活を送っていた。娘の朋子が生まれても変わらなかった……。

「しょうがないわね。戦後はそういう人が多かったんじゃないかしら。今で言えば、PTSDのようなものかもしれない。大変な体験をされたのだから」

晴美は思わず、口をはさんだ。里里の口調が、自分の祖父に対するものとは思えないほど厳しかったからだ。

「いいんです、別に。そういうことも含めて、事実として、ありのままを受け入れようと思っています」

「ええ。そう。偉いわ」

「まあ、正直、祖父とはあんまりなじんだ記憶もないですし、他人のようにしか感じられないのかもしれません」

善吉が働かなくても家事をしなくても、義母はまったく息子を責めることなく、むしろ嫁の加寿につらく当たっていた。

「そういう中で、加寿さんは同じ学校の木藤先生という人と接近していくんです」

「木藤先生？」

「戦後すぐ復員して、加寿さんの隣のクラスの担任になった人です。独身で、優しくて物柔らかな人らしい。二人は仕事や家庭の相談をしているうちにどんどん仲良くなって」

「……まあ、しょうがないのかもねえ」

「よくある話と言えば、よくある話なんですけど」

相談……そうだ、その言葉は、男女を簡単に近づかせる。晴美はこんな時に不謹慎だと思いながら、永田ともそうだった、と密かに思い出していた。相談と称して、ご飯を食べたり、休日に遊びに行ったりしていた。

「木藤先生が校長に勧められたお見合いを断ったりして、二人の仲はどんどん近づいて行きます。そして」

一冊の家計簿を開いた。そこには付箋《ふせん》が貼ってあった。

「おしまいの家計簿になる、昭和二十四年の秋……母の朋子は一歳半にならないころですが……」

「ええ」

「木藤先生から告白されるんです。離婚して結婚してほしいって」

「そうなの」

「一度は断るんです。とても、そんなの無理だって。だけど、それなら一緒に逃げようって言われて」

「ええ」

「僕が夫なら、君にそんな育児と仕事にこき使うような、つらい目には遭わせない。とりあえず逃げて、生活が落ち着いたら子供を引き取ればいい。君が、あの家の犠牲になる必要はない、と」

「ええ」

「ここを読んでください」

里里が指さした部分を小声で読んだ。

「木藤先生のお言葉で、私は決心がついた。自分にとって大切なものがなにかわかった。明日、先生が指定された待ち合わせ場所で落ち合う……」

「ね」

里里は晴美を覗き込むようにした。

「これが最後の家計簿の記述です。ここで終わってるんです。きっと次の日、家を出たから」

「なるほどね」

「やっぱり、祖母は、木藤って人と逃げたんですよ。心中したって言うのは、どういうことかわからないけど、少なくとも彼と駆け落ちしたのは確かなんです」

「……そうみたいね」

「祖母は尊敬されるような人間じゃないんですよ。あたし、もしかしたら、なにかの間違いじゃないかって思ってたけど、やっぱりそうなんです。まあ、歳をとって改心して、そういう活動の手伝いをしていたのかもしれないけど」

「でもね、里里さん、人って、一度の過ちですべてを判断されるものかしら。一度失敗したら終わりなの？　どんなに努力しても許されないの？」

ああ、私は、どこか混同している、と思いながら、晴美はやめられなかった。しかし、里里には晴美の拘泥《こうでい》までは通じなかったようだ。

「そんなにかばってくれなくていいんです。そうだとしたら、どうして祖母は戻ってこなかったんですか。どうして、娘に一目でも会いに来なかったんですか。あたしなら考えられない。娘と別れるなんて。この人は、まだ二歳にならない幼い娘を捨てて、男と出て行った人なんですよ」

晴美は思わずうつむいた。まるで自分が加寿自身で、悔《く》いと罪を一身に浴びているようだった。

＊　＊　＊

昭和二十一年二月二十五日（月）

お義母さまが朝から銀行に並んで、新円を下ろしてくださった。大変な行列だったご様子。

加寿、帰宅後、お義母さまの肩をもんで差し上げた。お疲れでしょう、とねぎらうと、配給で並ぶのもすっかりなれました、と笑われた。新円は旧円に証書を貼っただけのもの。けれど、加寿はありがたく押しいただいた。

下ろせるのは、わが家は一か月四百円。たったこれだけでどうなるのだろう。なおいっそうの倹約を心がけなければ。

家計簿よ、頼みにしてますぞ。加寿と一緒にお義母さまをお守りしておくれ。

5

そろそろ、本格的に仕事を探さないといけない、と里里はこのところいつも考えている。このままずるずると貯金を切り崩すような生活を続けるわけにいかない。

しかし、ハローワークには定時に帰宅できるような仕事はほぼ皆無だった。面接に行っても子供がいて残業ができないと言うと、相手の体温がすっと変わるのがわかる。やはり派遣しかないのか。

先日、晴美と会って家計簿の話をした時、「夕顔ネット」でパソコンに関する仕事をしてくれないか、と誘われた。給料は安いけれど、ビルの上に部屋があって、そこに住むこともできるようにしてあげられるかもしれない、との説明だった。ありがたい話ではある。

祖母の家計簿のことがなくても、あの「夕顔ネット」が好きだった。家族的で女性ばかりがわいわい働いている。皆、しっかりした人ばかりのようだ。ああいうところで学べることはたくさんあるだろう。

しかし、いかんせん給料が安いというのが困る。これから啓が成長していくにつれてかかるお金は増えていく。啓がどのような道に進むにしろ、経済的な不安なく希望する方面に躊躇せずに歩んでいけるだけのことはしてやりたい。家賃がかからないというのはずいぶん助かるが。

それに、「夕顔ネット」では、たぶん、使うパソコンの技能は限られたものになるはずだ。何年も勤めていたら腕が鈍って、外の世界から取り残されていくのではないだろうか。まあ、以前勤めていた女性のためのサイト、ホワイトスノークラブでも変わらなかったかもしれない。思い切ってパソコンを教えるための検定試験でも受けて、そちらの方面に転向するか。しかし、今後、小学生の頃から学校でパソコンを学んできた若者たちが世間にあふれる。そうなった時、パソコン教師という仕事がいつまで必要とされるだろうか……。

そんなことを考えているためか、啓と一緒にいてもぼんやりしていることが多い。

「ママ！」

夕食の時、啓の大声で、我に返った。

「ママ、聞こえて！」

はっと、啓の顔を見る。ママ聞いて、でも、ママ聞こえる？　でもなく、聞こえて、と言ったのだ。

「ママ、啓ちゃんの声、聞こえて」

啓はふくれっ面で、こちらを見ている。

「ああ、ごめんね、ごめんね、啓ちゃん。ママ、考え事してたの」

「啓ちゃん、ずっと呼んでたのに」

「ごめんね。ママ、啓ちゃんのこと、考えてたんだ」

「啓はここにいるんだから、考えなくていいの！」

「そうだね、確かにそう」

啓を抱き上げて、ぎゅっと抱きしめた。

「今、啓ちゃん、ママ、聞こえて、って言ったでしょ？」

啓はきょとんとした顔をしている。

「聞こえてって、どうして言ったの？」

「……わかんない」

では、とっさに言ったのか。子供というのは、なんと直截的で的確な表現をするのだろう。里里はふっと、加寿の気持ちがわかるような気がした。こういう一瞬を切り取って永遠に保存しておきたい、と思うことは確かにある。

あたしも日記でもつけようかしら。そんなことを考えながら、啓に言った。

らされた。

「よし、今日は、ずーっと啓ちゃんのこと、見てるよ。啓ちゃんの話、聞いているよ」
するとと啓は嬉しそうに保育園のこと、アパートの大家が飼っている犬のこと、お友達が着てきた洋服のことなどを話し始めた。風呂に入っている間も、眠りにつくまでの間もたえまなく続いたので、里里はこのところ、目がいかに啓に向かっていなかったかを思い知らされた。

晴美からまた連絡が来たのは、そんなふうに啓の話を聞きながらうとうとしている時だった。マナーモードにしているスマートフォンが低く唸《うな》って、メールの着信を伝えた。

——三浦晴美です。お元気ですか。お話ししたいことがあるので、お時間がある時にでも、お電話いただけないでしょうか。よろしくお願いします。

メールに従って連絡したのは、翌日の午前中になった。啓を送り出して簡単に家事を終えてから電話をかけた。

「あ、お電話いただいちゃって、ごめんなさい。お話ししたいことがあって……電話代申し訳ないから、折り返しますので、一度切っていいですか」

「あ、別にかまいませんけど」

「いいえ、長くなるかもしれないから」

長くなるかもしれない、というのは、折り返し電話をするための方便なのか、複雑な用件があるためなのか、と考えているうちに着信音が鳴った。

「昨日はごめんなさいね。啓ちゃんを起こさないようにメールにしたんだけど、大丈夫だった？」

「はい。一度寝るとぐっすりなので」

「そう、よかった。私は子供がいないから、いろいろ気がつかないことがあったら言ってね」

「はい」

「でね、要件というのは、他でもないんだけど……」

話し出したのは、みずきのことでも、就職のことでもなかった。一度終わったと思った、家計簿のことだった。

「あの、加寿さんと駆け落ちした、木藤さんという人、生きていれば九十三歳ぐらいになるわよねえ」

「加寿さんが……大正九年十月生まれだから九十二、祖父が五月生まれで九十三ですからね」

「九十三ぐらいじゃご存命の可能性は低いと思うんだけど、彼の軌跡を調べたいの」

「え？　調べる？　なにを調べるんですか」

「どんな人生を送られたのかとか、加寿さんとどうしたのか、とか」

「そんな方法、あるんですか」

「加寿さんが住んでいたところ……神奈川のはずれだったわよね。そのあたりで学校の先生をしていた人ということで、学校と老人ホームを当たってみる……」

「そんな簡単なことでしょうか。今は、個人情報保護法があるから」

「まあ、最終手段としては、探偵さんを使って」

「でも、お高いんじゃないんですか」

「こういう仕事をしていると、その世界の人にお願いすることもあるのよ。腕のいい人を知っているから調べてもらってもいいわ。貸しもあるから格安でやってくれると思うの」

「……やめてください」

「え?」

「そこまでする必要があるでしょうか」

「そう?」

「だいたいのことはわかったし、あたしも仕事を探さないといけないいし、子供のこともっと見てやりたいんです。お気持ちは嬉しいけど、加寿さんが……祖母が、もしかしたら、悪い人間じゃないかもしれないとか、いいんです」

「そう……里里さんがそう言うなら、しょうがないけど」

「ええ。今回のことはありがとうございました。祖母のことはともかく、母親が子供の時のこととかわかって嬉しかったですし、親族がいたんだってことがわかっただけでもいいことでした。親身になっていただいたのに、お断りするのは申し訳ないんですけど」

「いいえ。私もおかしなことを言って、ごめんなさい」

「こうしてお近づきになれたのも、嬉しかったです。『夕顔ネット』のことも知ることができて」

「ええ。もちろん。この間お話しした、仕事のことも、また、お話ししたいわね……」

「ええ、ありがとうございます。ただ、それはまだ……」

「わかってます。他の仕事も探されてからでいいから、決めるのは。うちよりずっといい条件のところがあるかもしれないし」

「すみません。なにからなにまで、ありがとうございます」

「また、ご連絡するわね。啓ちゃんにもよろしく」

「こちらこそ、皆さんによろしく言ってください」

里里は通話を切った。しばらく画面を見つめてからテーブルの上にそっと置いた。晴美の気持ちのかたまりがそこにあるように。

＊　＊　＊

昭和二十一年六月十日（月）

国語の時間に、教科書を音読していた、福田鉄夫《ふくだてつお》君が突然、読むのをやめた。どうしたの、と尋ねると、先生、どうしてうちのお父さんは死んだのですか、と問う。福田君のお父様は、昨年、彼が集団疎開中に戦死された。

どうして死ななくてはならなかったのですか、彼はそう重ねて尋ねた。戦争が終わり、アメリカ人が日本に入ってきて、新しい世界が始まったように新聞は書きたてる。そんな中で、彼が疑問に思うのは、当然だ。

昭和二十一年六月十二日（水）

福田君が父親のことを尋ねてから、自らの家族の死について語る子供が増えている。授業中に言う子もいるし、放課後に話しに来る子もいる。加寿はまた、ただ、聞いてやることしかできない。

昭和二十一年六月二十一日（金）

今日も、国語の時間に、戦死した父親のことを書いた作文を読んだ子がおり、そのまま父親の思い出を語っているところを、学年主任の佐々木《ささき》先生が通りかかられた。先生はいきなり教室に入ってきて、「時勢に合わないことを話してはいけない」と言った。突然のことに皆、平手打ちされたような気持ち。生徒たちには教科書を読むように言いつけ、加寿を職員室に呼んで叱責《しっせき》された。

佐々木先生は戦争を振り返るのは時流にもＧＨＱの方針にも合わない、と言う。肉親を失ったことを悲しんで、どこが悪いのか。

昭和二十一年六月二十四日（月）

帰宅の途に就こうとすると、佐々木先生と一緒になる。先日のことがあるので足早に去ろうとすると、呼び止められ、話しながら歩いた。先生は先の大戦で息子さんを亡くされたとおっしゃった。はっと胸が詰まる。忘れた方がいいのです、話して思い出してもつらくなるばかりです、と。

皆、それぞれに想いを抱えている。加寿は話した方がいいと思うが、佐々木先生のお気持ちもよくわかった。

＊　＊　＊

曽我とは、冷戦状態が続いていた。

お互い大人だから、仕事が滞《とどこお》るようなことはしない。けれど、必要以上のことはまったく話さなくなった。

事務所の他の人間は、気がついてないようだ。

考えてみれば、代表になった頃から会話が少ない状態が続いているのだから、他の人は無関心なのかもしれない。

昔……曽我は、経理に明るく優しい、いいおばさんだった。商業高校を卒業して大手のメーカーに就職し、結婚して子供が生まれるまで働いていた。男女雇用機会均等法などない時代の話で、経理部には、曽我以外女性社員は一人もいなかったということだ。同期や年下の社員たちがどんどん追い越して出世していくのを、歯を食いしばって見送っていたら、部のもっとも古参の社員となり、経理のすべてを取り仕切っているような存在になってしまった。けれど、大卒の男性社員が入社二年でなれる係長に、三十過ぎても昇格する気配もなく、妊娠を契機に退職した。

だけど、私はA電気を愛していたんですよ、と語ってくれたことがあった。今でも家電はあそこしか買わないし、テレビコマーシャルや大きな看板を見ると、誇らしい気持ちになるんですよ、社歌は今でも歌えますし、人に聞かれるとA電気に勤めていますって言いそうになるし……体の隅々まで侵《おか》されているんですよね、そう、さびしそうに笑っていた。曽我が代表になればよかったのに、と晴美は何度も思ったし、実際、口にもした。そういう時、曽我がどういう表情をしていたか、今となっては思い出せない。A電気のコマーシャルを観ている時のような表情だったかもしれない。

晴美が代表になってから、曽我は口数がめっきり減った。前みたいに大口を開けて笑ったり、人の背中をばんばん叩いたりしなくなった。ああして、叩かれると、ほっとして気合が入ったのに。

しかし、どんなに話しづらくても、いつかはきっちりと詰めておかなきゃならないのだ。里里のことも、これからの事務所のことも。

その日の朝、晴美は皆の前で、ほがらかに言った。

「曽我さん、仕事が一段落したら、お茶でも飲みに行かない？　駅前の『パピヨン』の特製アイスコーヒー、おごるから」

「パピヨン」の特製アイスコーヒーは、三日かけて抽出《ちゅうしゅつ》した水出しコーヒーに同じコーヒーで作った氷が入り、時間が経っても薄まらずにおいしく飲むことができる。しかし、店のランチ以上の値段だった。

事務所全体が、水を打ったように静まり返った。息を呑んで、曽我の反応をうかがっている。彼女は表情を硬くして晴美の方を見ようとしなかった。

ああ、事務所の皆は気がついていたのだ、二人がこのところうまく行っていないのを。

「『夕顔ネット』のトップ対談ですか。怖いですね」

日頃は無口な檜山が、めずらしく声をあげた。

「そう、首脳サミットよ」

曽我の目元が緩《ゆる》んで、ゆっくりうなずいた。相変わらず、こちらを見ようとはしなかった。

「パピヨン」には、十時の開店とほぼ同時に入店した。メニューを見ていた曽我が顔を上げて、普通のアイスコーヒーを頼んだ。

「あら、特製でいいんですよ」

「いいえ、普通のでいいです」

それでは、と普通のアイスコーヒーを二つ頼んだ。

「この間話したことだけど」

晴美が口火を切った。

「やっぱり、五十鈴加寿さんの孫の里里さん母娘を、事務所ビルの四階に住まわせてあげたいと思うの。今日は曽我さんの意見を改めて聞きたいと思うんだけど、どうですか？」

「代表がおっしゃるなら、いいと思います」

驚くほどあっさりと、曽我はうなずいた。

「え。いいんですか？　前は反対されていたけど」

「しょうがないいんじゃないですか。今の代表は三浦さんなんだから、好きなようにすればいいんですよ」

突き放したような言い方だった。

「そんな……私は曽我さんにも意見を出してもらって、お互い納得して」

「納得なんてできませんよ。私たちはいい大人で、いいえ、私なんて立派な老人ですよ。ちゃんと意思や考えを持っています。そう簡単に意見をすり合わせて、考えを変えるなんてできないんですよ」

「そうかな。歳をとったからこそ、話し合って、相手の意見を聞くことができるんじゃないかしら」

曽我は肩をすくめて、コーヒーを飲んだ。そして、「私はやめさせてもらいます」と言った。

「そんな。曽我さん、考え直して。そうならないように、こうして話し合っているんだから」

「いいえ。里里さんのことではないんです。ずっと考えていたんですよ」

曽我は、来年、夫が退職し、下の息子も先日就職が決まったのだ、と説明した。料理一つできない夫だし、昼間も一緒にいてやらなければご飯も食べられないだろう、とその時、初めて笑った。

「ずっと考えていたんです」

「やめることを?」

「じゃなくて、どうして、前代表が私でなくて、あなたを後継者に選んだのかって」

「……………」

やはり話はそこから始まるのか、と思った。

「最初は、やっぱり、学歴がないからか、とも思いました。代表が学士さんだから、トップになれたのかって。A電気が私にした仕打ちと同じようにね。だけど、前代表はそんな方じゃない。それは私が誰よりもよく知っています。人間性を見極める方です。だけど、そう思ったらよけいつらくなってきたんです。前代表は私の性格や特性を見て代表にしてくれなかったのか、そんなにだめな人間なのか、って」

「そういうことじゃないですよ」

「いえ、いいんです。しばらく体の力が抜けてしまったように、仕事に出るのがつらい日々が続いていたんです。毎朝、布団から出られなくて、体が重くて、引きずるように出勤していました」

「気がつかなかった……ごめんなさい」

「そうでしょうね。代表は忙しくて、私のことなんて目に入っていなかったから。夫にも息子たちにも、そんなにつらいならやめたらどうかって言われました。だけど、ここでやめたら本当に負けだ……前代表に見透かされたままだって思って続けたんです」

「そういうことだったの」

「だけど、今はわかります」

「なにが」

「前代表が、どうして私じゃなくて、あなたを選んだのか」

逆に晴美の方が知りたいことだった。前代表がいた頃から、熱心ではあったが、決してできる人間ではなかったのに、どうして代表に指名したのか。

「私には、家族があります。なにもなくなっても、家族がある。だけど、代表にはなにもない。仕事しかない。ここがなくなったら、あなたにはなにもない」

晴美は胸を刺されたように、声が出なかった。

「ごめんなさい。代表を貶《おとし》めようとしているんじゃないんです。だけど、だからこそ、前代表は選んだんです。あなたには昔から尋常じゃないひたむきさがあった。どこかぎりぎりのところで走っていた。家族どころか、自分自身でさえもすべて捨ててこの活動に取り組んでいた。私にはあなたが怖いほどでした。私にはそこまでの情熱はありません。もしも、家族になにかがあったら、やっぱり家族を優先します。たぶん、能力的には私もあなたもそう変わらないでしょう。私の方が優秀かもしれません。だけど、あなたのような仕事をする人には誰もかないません」

「そんな……」

「だけど、これだけは一言、忠告させてください」

曽我は、晴美をひたと見据えた。

「仕事以外のなにかを見つけた方がいいです。これは、あなたと地位を争った同僚としてではなく、この歳になったから言うんです。歳をとって、仕事だけという人生は厳しい。なんでもいいから、なにかを見つけてください。あなたが『夕顔ネット』に来るまでになにがあったのかは知りません。だけど、仕事で一生をつぶすようなことは、倉田前代表も望んでいないと思いますよ」

言葉もなかった。

「『夕顔ネット』の理念も活動もすばらしいものです。だけど、会員さんたちは、皆、通り過ぎていくだけです。彼女たちはここを頼って、私たちはそれを助ける。だけど、独り立ちしたあとは、去っていく。ここのことなんて、思い出しもしません。もちろん、それでいいんです。だけど、むなしくなる時が必ず来る」

「でも、私は……」

曽我は立ち上がった。

「それだけです。私は、先に戻っていますね」

そして、一人分のアイスコーヒー代をテーブルに置いて出て行った。彼女が金を財布から出すのを見ながら、止めることもできなかった。

ぼんやりと、曽我が去ったあとの席を見つめていた。そして、バッグから携帯電話を出してボタンを押した。

「晴美さんですか」

里里の明るい声が響いた。

「はい」

仕事を改めて依頼し、ビルに住んでくれるように頼むつもりだった。けれど、声が出なかった。

「ええ」

「お元気ですか」

「私……」

「晴美さん？　どうしたの？」

晴美が泣き出したので驚いているようだった。それはそうだろう、と思った。自分が驚いているのだから。電話しながら泣いたことなんてない。永田にさえ。

「私……」

「大丈夫ですか」

「私、この間も言ったように、最低の人間なんです。だから、木藤さんを探したいのかもしれない」

これでは意味不明だろうと思いながら、やめられなかった。

「今、どこですか。事務所？」

「いいえ……外です。『パピヨン』で……」

「じゃあ、今から行きます。一時間ぐらいかかるかもしれないけど。すぐ行くから、待ってて」

通話はすぐに切れた。さらにどっと涙があふれた。

「私は、ひどいことをしたの。二十代の頃に」

「ええ」

曽我がいた席に座っている里里は、うなずいた。

彼女は言葉通りに来てくれた。ぼう然としていた晴美にはほんのわずかな時間なのか、長い時間なのかもわからなかった。

「会社に勤めていたんです。大手の商社。丸の内に本社があって、そこにいました。就職したのは、バブルがはじけたあとぐらいだけど、社内にはまだ明るさが残っていた。皆、またすぐに復活できると思っていたし、世間が不景気でも、社内はあまり変わりがなかったから」

「そういう時代だったんですね」

「私はお気楽なOLでした。大学で英文学を専攻して、ジェンダー論で卒論を書いたと言っても、表面だけ。『夕顔ネット』でボランティアをしていたのも形だけ。いい会社に入れたから、同じ会社の高いお給料の人と結婚して、仕事やめて、子供作って、私立の学校に入れる。いつまでもきれいなママでいるんだって、思ってました」

里里は吹きだした。

「なんか信じられない。今の晴美さんからすると」

「でしょう」

晴美もやっと笑えて、気が楽になった。

「でも、そう思ってたの。なんの疑いもなく。実際、そうなりかけたの」

「付き合ってた人、いたんですか？」

「そう。永田さんという人。四つ年上の二十七歳で、仕事もできるし、いい大学出て野球をやってて、背が高くて日に焼けててすてきだった。顔はそんなにハンサムじゃないの。だけど、武骨そうな感じで、逆に誠実に見えるタイプ」

「ああ。なるほどね」

「家庭的な感じもしたな。スマートじゃないところがね。この人なら、きっと浮気したりギャンブルしたりして、家庭を壊す人じゃないだろうって」

「まあ、実際にはわかりませんけどね」

「そうなの。わからなかったのよ」

「わからなかった？」

「そう、私はなにも知らなかった。彼のことを」

言葉を切って、アイスコーヒーを見つめた。このことを話すのは、倉田伸子以来だ。二十年近く前のことなのに、いつでも、思い出すたびに体が冷たくなる。

「温かいものでも、オーダーしなおしますか」

里里が気がついたように言ってくれて、晴美はうなずいた。

＊　＊　＊

昭和二十一年六月二十七日（木）

放課後、教室で採点をしていたら、木藤先生が入ってこられた。

佐々木先生はああ言われたけど、僕は五十鈴先生のおっしゃることがわかりますよ、と。

先生は、生徒からどうして肉親が戦場で死んだのか、と問われたらなんと答えますか、とお尋ねする。僕なら、こうして悲しみ泣けるようにお父さんたちは戦ったのだ、と答えますね、戦争中は悲しむことさえできなかったのだから、と言われた。

なるほど、さすがに木藤先生らしいお答え、と感心した。

けれど、今、思い返すと、どこか納得がいかない。

では、私たちは間違っていたのか。私たちが悪かったのか。

昭和二十一年七月十八日（木）

放課後、ふと気がついたら、職員室に木藤先生と二人きりだった。

以前にお話ししたことですが、先生のお考えにどうしても納得がいきません、と言うと、一瞬、驚かれる。無理もない、三週間も前のことなのだから。

あれからずっと考えておりましたが、悲しむために死んだなんて、私は生徒に言えません。何も悪くない彼らが、なぜそんな理由で父親を亡くさなければならないのでしょう。私たちの何が悪かったのでしょうか、と一気に言った。

木藤先生は、じっと考えておられた。五十鈴先生にそう言われると、そうかもしれません。では、どう先生は考えますか、と逆に尋ねられた。

加寿は答えられなかった。

私は、結局、戦争中に何もできなかったのだ。戦争が終わっても、何もできない。無力な教師なのだ。

でも、五十鈴先生が一緒に泣いてくれることで、生徒たちは慰められたのではないですか、と木藤先生は言った。

＊　＊　＊

「彼には、高校時代から十年近く付き合っている彼女がいたの。両方の家族も公認で、彼女、体が弱い人だから向こうのご両親も強く結婚を望んでいたみたい。短大出たあと就職もせず、家からほとんど出ないで彼の妻になるために花嫁修業していた」

「彼は、彼女のこと……？」

言ってくれてなかったんですか、という言葉を里里は言い切らなかったが、晴美は理解したらしい。

「言ってくれてなかったの」

「気がつかなかったんですか」

「ええ。付き合ったと言っても、半年ぐらいだったし、彼も彼女も、私も実家暮らしだったから……会うのはいわゆる普通のデートばっかり。食事したり、映画観たり、動物園に行ったり……できたばかりの、みなとみらいのホテルに泊まったりね。なんというか、きらきらしたことだけしていたのね、私たち。当時の会社員たちがしていた、雑誌に出てくるようなデート。彼もね、そういうのを求めていたような気がするの。逃げていたのかもしれない。私が入社した年の十二月、クリスマスイブの日にホテルで食事して、プロポーズされたの」

「豪華ですね」

「絵に描いたようでしょう」

「ええ。プロポーズには？」

「もちろん、OKしたわ。年上の頼りがいのある、好きな先輩と付き合って、結婚。夢のようだった。だけど、年明けの頃から、だんだんおかしなことが多くなっていったの」

新しく頼みなおしたブレンドコーヒーを飲んで、ため息をついた。手のひらを見つめている。

この人はどうして話をする時にいつも手を凝視するんだろう、と里里は思った。

「……当時、携帯電話は発売されていたけど、誰もが持っているようなものでもなかった。私もポケベルだけだった。彼は会社から仕事用として支給されている携帯電話を持っていたの。それが時々、つながらなくなるのよ。夜なんかに電話すると、電源が切れていることが多くなった。ただ、当時は今みたいに携帯の機能もそんなによくなかったから、地下に入るとつながらないことも多かったし、電車の中なんてほとんどダメ。だから、あんまり気にならなかった。そのうち、私のポケベルに知らない電話番号が何度も入るようになったの。最初は誰だかわからなかったから無視してたんだけど、あんまりたびたびだから折り返し電話してみたの。でも、向こうはなにも言わないのよ。ただ、黙っているの。彼に話したら、そんなの無視しろって。いたずらだから」

「まあそうですよね」

「ところが、ある日、あんまり朝から何度も何度もくるものだから、また、電話してみたの。会社のロッカールームで休憩時間に。どなたですか、って聞いたら、初めて女性の声で、あなたこそどなた、って言い返されたの。なんだか、ぞーっとした。急いで切ろうとしたら、直前に向こうが、私は永田義道の婚約者です、って言ったの」

「え。婚約者?」

「ええ、はっきりそう言ったの。罵詈雑言《ばりぞうごん》浴びせられた。いわゆるそういう時の常套句《じょうとうく》よね。泥棒猫とか、最低の淫乱女とか」

「泥棒猫って……どういう環境で育った人なんだか」

晴美は笑わなかった。

「やっと電話が切れたから、私、慌てて席に戻って、彼に社内電話で連絡したの。彼はすぐに察したみたい。会社帰りに会おうって言ってくれて……やっと教えてくれたのよ。昔から婚約している人がいて、でも……」

言葉を切った。苦しそうに、胸に手を当てる。

「大丈夫ですか」

「ええ。ただ、ここからは、なにを言っても、自己弁護みたいになっちゃうかもしれない。できるだけ、正確に正直に話すけど」

「いいんですよ。わかりますから」

「でもね……」

言葉を探している晴美の前でどう言っていいのかわからなくて、里里は黙っていた。けれど、心の中は焦っていて、どうしてこういう時に彼女の気持ちが楽になるような話をうまくできないのだろうと、口下手なことがもどかしかった。

「彼が言うには、彼女とは長く付き合い過ぎてお互い兄妹みたいになってしまっているんだって。だから、彼は彼女に女性としての魅力は感じてないんだと」

晴美は額に手を当ててうつむいた。また、言いあぐねている。その顔を見ると、さらに声がでなかった。

「……彼が言うには女としての魅力は感じてないし、結婚もしたくないんだけど、彼女の両親がどうしても結婚を望んでいるし、別れ話をしようとすると、彼女の具合が悪くなって、発作が……心臓が悪い人なのね、心臓発作が起こるんだって。これまでも、何度か救急車を呼んで、彼は別れるって言えなくなってしまったみたいなの」

言葉を切ったが、唇だけはかすかに動いていた。里里にも、そこで彼がもっとひどいこと、ここで口にできないことを言ったのだ、とわかった。まあ、男が女を説得するために言う言葉は、あまり変わらない。セックスレスだとか、性的魅力を感じないとか、そういうたぐいのことだろう。あの男、啓の父親から言われたように……。

「私のポケベル番号は、彼の携帯から盗み見したみたいね。毎晩のように連絡し合っていたから、履歴が残っていたんでしょう」

「なるほど」

「彼女は自殺未遂も何度かあって、エキセントリックな人だった」

「そういう人、いますよね」

「でもね、彼は私に説明してから、じゃあ、俺はこれから彼女のところに行ってくるって言ってくれたの。ちゃんと話して別れてくるって。そう言って、出て行ったの」

「ええ」

「翌朝、彼と会社で顔を合わせたら、にこって笑ってくれて、大丈夫だよ、って唇だけ動かして合図してくれた。やっと安心したのよ、私。うまく行ったんだ。結婚できるんだって」

「よかった」

「ところが……午後、仕事をしていたら、会社の受付から電話が入って、私の大学時代の友人が訪ねてきているって言われたの。大学の名前も言ったし、名字はありふれたものだから、なにも疑問に思わなかった。今思うとのんびりした時代なんだけど、そんなふうに、会社に友達が訪ねてくるようなことはそうめずらしくなかったのよ。下まで降りて行って話をするぐらいなら、許されていたのね。男性社員なら、一緒に外に行ってお茶を飲むぐらい普通だった」

「うちの銀行も古い体質だったから、わかります」

「下に降りて行ったら、待っていたのは、知らない、白いワンピースを着た女性だった。すごく痩せていて、顔色が悪かった。そして、『三浦晴美さんですか』って確かめたあと、いきなりバッグから大きなナイフを出して」

「え、ナイフを?」

「そう。刃渡り二十センチぐらいの」

晴美は手を使って大きさを表した。

「私、刺されるって思って、一瞬、体を縮めて胸を手で隠すようにしたわ。そしたら、彼女はふって笑って、自分の喉をぐるっと囲むようにナイフを動かして、ばっさり切ったのよ」

　里里は手を口に当てた。そうでもしなければ、叫び声がもれてしまいそうだった。

「すごい血が飛び出したわ。大きな会社の受付だから、ロビーなんかも、ホテルと同じぐらい立派で広いの。午後二時ぐらいでたくさんのお客さんや社員がいた。だけど、人の首を切った血液って、すごいのね。ロビーの隅々まで血が飛び散った。すさまじい勢いで。あとで警察に言われたんだけど、彼女は最初から死ぬ気で来てたんだろうって。だから、まったくためらいもなく、両方の頸動脈を深くばっさり切れたんでしょうね。端から端まで。警察の人でも、こんなの見たことないって。やくざの元組長が日本刀で自殺した時だってもっとためらいが見えたそうよ」

「………」

「すべてをスローモーションのように覚えているわ。彼女がナイフを持った手をあげて、ぐるっと手を回すように首を切って、血が飛び散って、しぶきがゆっくり、社員やお客さんや受付嬢に飛んでいくの。血しぶきが飛んでいく様子も見えるみたい。お客さんの中には、金髪の外国人もいて、大声でオーマイゴッドって叫んだ。だけど、他の人たちは、ほとんどなにも言わなかった。あんまりにも驚いて声が出なかったんでしょうね。ロビー中が血だらけになった。隅々まで。そんなに血が出ているのに、彼女はしばらく倒れなかった。私を見据えて、じっと立っていた。けれど、顔から表情だけが抜けていくの。皆、血に濡れていた。だけど、誰よりも血を浴びたのは、私だった。私の制服はずぶぬれになった。それから二度と、あの制服を着ていない」

何も言えなくて、晴美の手を握ろうとした。けれど、それは柔らかく拒否された。その手を神経質にこすり合わせて、また、彼女はじっと見た。その時、里里はわかった。彼女の手はまだ血に汚れているのだと。だから、あたしを汚さないように手を払ったのだと。

「救急車と警察が来て、私は警察に呼ばれたの。そこにいた人は、皆、警察に連れて行かれて話を聞かれたわ。夜ぐらいまでかかった。警察に着いたばかりの時は声も出なかったけど、年配の刑事さんが優しく世間話とかをしてくれてだんだん声が出るようになった。すべて包み隠さず話をした。彼も出頭したみたい。夜、警察の人と会社のロビーに戻って現場検証したの。そこに戻るのはすごく怖かったけど、刑事さんがこういうことは早めに済ませた方がいい。時間が経てば経つほどむずかしくなって、あそこに戻れなくなるからって言った。ロビーにはまだ血の跡があった。他の人と証言の食い違いはなくて、帰っていいって言われた。その時、両親が私の横にいるのに、初めて気がついたの。警察が呼んでくれたのね。家に帰ってお風呂に入りなさいって言われて、血に汚れていないことがわかった。警察でシャワーに入れてくれて、ジャージを貸してくれたのよ。だけど、手のひらの皺のところにだけ、血が残っていたの。あんまりにも大量だったから、落とし切れなかったの」

「そういうものなんですね」

「でも、次の日から、もっと大変なことになった」

「え」

「彼女が死ぬ前に手紙を書いて、各方面に送りつけていたの。会社の社長、マスコミ、私の上司、彼の両親、私の両親、警察……当時は個人情報保護法なんてないから、会社の名簿には社員全員の住所や出身校が載っていたのよ。それを彼の部屋から持ち出していたらしい。手紙には、私が彼を奪ったってことを、あることないこと含めて書いてあった。私に殺されるだろうとも。きっと警察やマスコミは自殺だと発表するだろうけど、違う。自分は殺されるって書いていた」

「用意周到な人ですね」

「私はまた警察に呼ばれた……ただ、自殺だってことははっきりしているから、たいしたことはなかったし、マスコミも大手はほとんど動かなかった。そういうことって、そうめずらしくないみたいなのね。警察もしっかり発表してくれたから……ただ、小規模な出版社が出しているアングラな雑誌が一つか二つ、記事にしたみたい。今だったら大変なことになってたでしょうね。ネットのいろんな掲示板に、顔も名前も暴露《ばくろ》されて叩かれたかもしれない」

「確かに」

「ただ、私を苦しめたのは……」

「まだ、他になにかあったんですか」

「……彼女は、私あてにも手紙を書いていたのよ。ただのレポート用紙十枚ぐらいにぎっしりと手書きで。他の手紙はワープロにコピーだったんだけど。そこには、罵詈雑言とか、まるでなかった。とても静かな文章だったの。彼女、文章が上手だった。彼と出会って、どんなふうに恋をして、愛し合い、はぐくんできたか。彼女がどんな喜びに浸ったか、そういうことが事細かに書いてあるの。そして、こう書いてあったの」

晴美がこちらを見たので、身を乗り出してうなずいた。

「あなたはきっと彼と結婚して、幸せな家庭を築くでしょう。健康な子供が生まれて、時々、旅行したり、買い物をしたり、海に行ったりするでしょう。私が望んでもできなかったことをすべて叶えるでしょう。あなたは長く幸せの絶頂を味わう。だけど、結婚して何年も経てば、きっと、だんだんすべてが普通になってしまう。彼のことも子供のことも色あせてくる。そして、いつしか彼を愛さなくさえなるでしょう。毎日、家事や夫の不平不満を言って、幸せな生活にも飽きてくる。どうしてこんな人と結婚したのだろうと後悔さえする。別の人を好きになるかもしれない。浮気したりするかもしれない。刺激を求めて、いつも物欲しげにあたりをきょろきょろ見回し、なにかいいことはないかしら、だれか私をここから助け出してほしいって思い始める……」

「ボヴァリー夫人」

思わず、里里はつぶやいた。

「そう。ボヴァリズム。彼女は続けて、だけど、私はそんなことはしない。私が彼と結婚したら彼を一生愛し続ける、心の底から」

「そんな……」

ばかな、と続けたかったが、結婚していない里里にはよくわからない心情であるので、自信を持って言うことができなかった。

「こたえた。だって、私が考えていたのは、まさにそういうことだったもの。適当な人と、適当に結婚して、適当に幸せになりたいって。もしかしたら、しばらくして、私は夫に飽きるかもしれない。だけど子供ができていろいろ忙しくなって、なんとかなるだろう。近所でテニスかヨガでも習って、パートでもしているうちに、人生は通り過ぎる」

「誰だって、女は皆、ちょっとずつ打算的ですよ」

「だけど、里里さんは、打算なんて考えてないじゃない」

不意を突かれた。そんなふうに思っていたのか。

「そういう人じゃないでしょ。だから、啓ちゃんを産んだんでしょ」

「あたしの場合は……」

「いいわ。だけど、とにかく、私はそういう女だったの。そして、その打算のせいで、人を一人殺したのよ。決して消えないの。彼女ももう二度と生き返らないの」

「彼とはどうなったんですか」

「別れたわ。結婚しようと言ってくれたけど、私にはできなかった。あの後、彼とは一回会っただけ。両親も同伴した。私はすぐに会社をやめて……しばらく、家に引きこもったの。体と精神のバランスが崩れてしまって、しばらく父親の知り合いがやっている病院に入ったりして、数年後、『夕顔ネット』に行くようになったの。事情を知った担当教授の伊東先生が、倉田さんに頼んでくれたのよ」

「それから、『夕顔ネット』一筋ですね」

「ええ」

そこでまた黙ってしまった。里里は考えに考えて、言葉を絞り出した。

「あたし、その女性にも打算があったんじゃないかと思う」

「え？」

「そこに書いた、晴美さんと彼の未来図は、きっと彼女の中にあったものなんですよ。彼女もわかっていた。いつか彼を愛さなくなるって。だから、書けたんです。じゃなければ、若い女性が、そんなことをすらすらと文章にできますか」

「ありがとう。だけど、やめて」

「……わかりました。ただ」

「ただ、なあに？」

「木藤さんのこと、やっぱり調べてみましょうか」

「え」

「あれから考えたんです。あたしたち、必要なのかもしれません。木藤さんのこと、加寿さんのこと、ちゃんと知ることが」

しかし、晴美は首を振った。

「里里さんの気持ちはありがたいわ。けれど、私のために無理することはないの」

「いいえ。たぶん、これはあたしのためです」

きっぱりと言った。

「ずっとどこにもつながっていない人間のように思っていました。自分自身を」

「ええ」

「だけど、このままでいたら、啓までそういう根無し草になってしまう。啓には父親がいません。あたし以上によりどころがない人間になってしまう。祖母である母とも関係を絶っている。せめて加寿さんのことだけでもいつか話してやりたいんです」

「でももしかしたら、知りたくないことをあばくことになるかも」

「いいんです。あたしはそれを受けとめます」

「そう。なら調べてみましょう。私も受けとめる。加寿さんは私のようにもしかしたら、なにかあやまちを犯してしまった人なのかもしれない。だったら、彼女がどう落とし前をつけたのか知ることが必要なのかもしれない」

二人は微笑み合った。けれど、自分で提案しておきながら、里里の気持ちの中には若干の不安もあった。

あたしは受けとめきれるのだろうか、彼女のすべてを。

しかし、晴美の笑みを見ていると、なんとか一緒にできそうな気がした。

＊　＊　＊

昭和二十四年五月二十四日（火）

学級委員の篠原良子《しのはらよしこ》さんが、思いつめた表情で、加寿のところに来た。篠原さんの家は、お父様が傷痍《しょうい》軍人で、幼い弟妹が二人いる。頭の良い、利発な子だけれども、最近、表情が暗いのが気になっていた。

先生、お父ちゃんがお酒を飲んでばかりいるので、お母ちゃんがいなくなってしまいました、と教えてくれた。

驚いて、いつから、と尋ねると、数日前から、と言う。

それならば、戻ってくるかもしれないから待ちましょう、と言うと、こっくりとうなずいて、帰って行った。

早いうちに家を訪問しなければならない。しかし、加寿にいったい何ができるだろう。

昭和二十四年五月二十六日（木）

授業が終わったあと、篠原さんだけを残して、話を聞いた。頭のいい子だから聞かれることは察したのだろう。ひとけのない教室で二人きりになると涙が目にいっぱいにたまっている。

お母ちゃんはまだ戻ってこないんです、と言っただけで、ついにたまらず涙があふれた。

実家やお友達、親戚のところは探したのか、ご飯はどうしているのか、などを尋ねる。話しているうちに顔色が少しだけよくなってきた。
田舎の祖母のところに手紙を書いてみる、と言ったので、職員室に寄って、便箋封筒、切手を一枚あげた。大切にしまっている様子を見て胸がつかえた。明日は家庭訪問をする、と約束して別れた。

昭和二十四年五月二十七日（金）
篠原さんの家、訪問。右足首から先を失くされたお父様が、部屋の端に座っておられた。今日はお酒は召し上がってないようだけど、ほとんど何も話されない。
良子さんが心配するからお父様もしっかりなさらないと、と思わず言うと、うなだれていた。良子さんは成績がいいんですよ、と話した時だけ、顔を上げられた。家を出る時、彼女が追ってきて、先生ありがとう、と言う。
何かできることはないものか。

昭和二十四年六月六日（月）
篠原さんが授業の終わりに寄ってきて、先生、お父ちゃんが工員になります、と言った。

よく聞けば、近所の鋳物《いもの》工場の手伝いをすることになったそうだ。久しぶりに明るい顔。お母さんの行方はまだわからないらしい。けれど、心から嬉しい。

6

電車の窓から吹き込む風が、啓の髪をさらさらと揺らす。

この年齢の女児特有の、柔らかな色と触感の髪を見ていると、晴美は、自分が失ったもの、得られなかったものの大きさを考えずにはいられなかった。

「窓、閉めましょうか。風があたるでしょう」

里里が気遣って言った。

「いいえ、大丈夫。気持ちがいいわ」

「そうですね。都心から五十キロぐらい離れただけなのに、空気が違うみたい」

晴美も感じていたことだった。八王子《はちおうじ》から八高線《はちこう》に乗って数駅で、風の色も匂いも変わった。外には田園風景が広がっている。

「次の駅で降りて、バスに乗るんでしたよね」

「送迎バスがあるみたい」

「なんだか、降りたくなくなってきた。このままどこかに遊びに行きたい感じ」

「……それなら、そうしてもいいのよ」

里里の本心はそこにあるのかもしれない、と思った。

「いいえ。大丈夫」

列車を降り、小さなロータリーからマイクロバスに乗る。

晴美が頼んだ探偵は、あっという間に木藤の軌跡を調べてきた。なんと、いまだ存命で、教師をやめてから老人ホームで暮らしているという。

数日前、「木藤先生の教え子だけど、面会できるかどうか、聞いてもらえないか」とホームに連絡すると、すぐに「ぜひ、どうぞ」という返事が戻ってきた。木藤のところには、今でも時々教え子が訪ねてくるそうだ。まったく問題がない雰囲気だった。

「あたしたちが生徒じゃないとわかったら、どうなるかしら」

「まあ、すぐにつまみ出されるかもね」

「そうしたら、どうしよう」

「たぶん、大丈夫でしょう。私が話を合わせるから、適当なところで、実は先生の同僚だった加寿さんのお孫さんを連れてきたって、言えば」

その算段は、何度も話し合われたものだが、里里は不安そうだった。

「だけど、その前に、生徒でないのがばれたら」

「大丈夫、こっちには、啓ちゃんもいるし、怪しまれないと思う。生徒なんてたくさんいるんだから、少なくとも最初はわからないだろうし」

名前が出たのがわかったのだろう。里里の隣に座っている啓が耳をピクリと震わせるように動かして、晴美の顔を見た。まるで、うさぎみたい、と思う。

「啓ちゃんに話が聞こえてもいいの？」

小声で尋ねた。

「ええ。昨日、ざっと話したんです」

「え？　子供に？」

ふふふ、と里里は笑う。

「もちろん、わかりそうなところだけ。ずっと会えなかったお祖母ちゃんがいて、お祖母ちゃんの仲良しの男の人に会いに行くって」

「ああ」

「まあ、もし、聞かせたくないような話になったら、どこか別室にでも……」

「そうね」

そして、母親たちはいったい小声で何を話しているのだろう、という表情の少女に、

「啓ちゃんに来てもらってよかった」と大きめの声で言った。やっと彼女もにっこり笑った。

ホームは畑の中にあった。白い建物で、「面影園《おもかげえん》」という看板がついている。そうきれいでも、新しくもない建物だが、緑の中にあるのが、すがすがしい。

「ああ、木藤先生のところに来た面会の方ですね」

入り口で、かなり横幅のある、エプロンをつけた介護士の女性が、迎えてくれた。

「こちらにどうぞ」

面会室、と表示のある小部屋に通された。簡素な机と椅子、テレビが置いてあった。テレビでは、NHKのニュースが流れていた。

先ほどの女性が、車椅子を押してやってきた。体がわずかに傾いているが、身綺麗な老人が乗っていた。

「先生、お久しぶりです」

晴美がお辞儀をすると、木藤はじろっと顔を見た。

「あら、木藤先生、今日はご機嫌斜めなの？　いつももっと愛想いいのに」

介護士が朗《ほが》らかに言った。

彼女がいつまでもいるとやっかいだなと思ったが、忙しいのか、せかせかと出て行った。

「先生、お元気そうですね」

再度くり返した。

「君は誰だ」

木藤は、表情をこわばらせたまま、言った。

「え」

「君は、私の生徒ではないだろう。誰だ。その子は誰だ」

「すみません」

晴美は素直に頭を下げた。木藤はしっかりしている。これ以上だますのは無理だと判断した。横で里里も同じようにしている。

「私たち、怪しいものではありません」

晴美は名刺を差し出した。

「私、こういうものです」

木藤が名刺を眺めている間「夕顔ネット」の趣旨を説明した。

「そういう立派な活動をしている女性が、どうして、嘘をついて、こんな年寄りに、わざわざ会いに来たんだ」

「私たち、『夕顔ネット』は、五十鈴加寿さんから寄贈された土地で、活動しています」

五十鈴加寿、という名前を聞いたとたん、木藤はぴくっと肩を震わせた。

「ここにいる、瀧本里里さんは、加寿さんのお孫さんです。啓ちゃんは里里さんのお嬢さんです」

木藤の目がゆっくりと里里の顔の上に行き、そして、啓の姿をとらえた。目をつぶって息を吐き出した。

「わかりますか」

里里が尋ねた。

彼は頭が落ちるように、がくんとうなずいた。目から涙がこぼれる。

「その名前を聞くことになるとは思わなかった」

そして、目を開けた。涙で、目をしょぼしょぼとさせる。

「あなたより、こちらのちびちゃんが似ているな」

ちび、と言われた啓は、里里の体に顔を押し付けて隠した。

「祖母にですか」

「ああ。加寿さんも、目の大きな、はっきりした面立《おもだ》ちの人だった」

「覚えておられますか」

「覚えている……？　わたしは、生涯独身をつらぬいた。家族もなにもない。ずっと加寿さんのことだけを想って」

彼の目からさらに涙がこぼれた。

「これ、どうぞ」

里里がバッグからハンカチを出して、彼の涙を拭いた。

「ありがとう」

「私たち、加寿さんの家計簿を読んだんです」

これまでのことを説明した。加寿が経営していた定食屋をビルに建て替える時に家計簿を見つけたこと、親族に送ったこと、そこに書かれていた木藤とのいきさつ……。

「全部ではないですが、木藤さんのことが書かれている家計簿を持ってきました」

木藤の前に、家計簿を並べた。彼は開いて、手のひらで撫でた。

「加寿さんの字だね」

「わかりますか」

「きれいな字の人だったから」

バッグから絵本を何冊か取り出すと啓に与えて、部屋の隅で読んでいるように言った。

彼女は素直に従った。その様子を木藤は目で追う。

「あの子は加寿さんの曽孫《ひまご》に当たるのかな」

「そうです」

「あなたは、朋子さんの娘さん……？」

「はい」

里里が家計簿に書かれていた、加寿と木藤についてさらに詳しく話した。

木藤は半分目を閉じて聞いていたが、見合いを断った話やプロポーズをした話になると、額に手を当てたり、咳をしたりした。

「大丈夫ですか。おつらくないですか」

いいや、と首を振って否定した。

「ただ、恥ずかしいのです。若い頃の自分が……そんな熱い情熱を持っていたのかと思うと、どこか恥ずかしくて……嬉しいような」

「祖母は、一度はプロポーズを断ったそうですが……」

「ええ。やはり、家庭があるし、朋子さんがいるからと言われてね」

「そうですか」

「でも、これだけは信じてもらいたいんだが、私たちは、人様に顔向けできないような付き合いはしていない。清いものでした。手を握ったこともない。話をしたり、一緒に帰ったりするだけ。話すのは、もっぱら、学校のことや生徒のこと、時勢のことばかりで」

「ええ、でも……」

里里は一度晴美の方を見てから、木藤を見た。

「結局、祖母はあなたと駆け落ちする約束をしたんですよね？」

木藤は、両手で顔を覆った。

「待ち合わせの場所も時間も決めて」

「すまない……」

「あたしの母は……」

里里の声が裏返った。

「母親を失った」

「私のせいで、加寿さんやご家族の人生が変わってしまったのなら、申し訳ない」

晴美は口をはさんだ。

「ずいぶん昔のことですし、木藤さんのことを責めに来たんじゃないんです。ただ、お聞きしたくて、あの時お二人の間になにがあったのか」

木藤は、顔を伏せたままだった。

「祖母は幼い母を残して、家を出たんですよね。あなたと一緒に」

彼は慌てて顔を上げた。驚愕で、皺に隠れていた目が、大きく見開かれ、土気色《つちけいろ》だった顔に赤みがさしている。

「私と一緒じゃない」

「え。一緒じゃない？　じゃあ、誰と一緒だったんですか。あなたと一緒じゃなくて、どうして、祖母が家を出たりしたんですか。小さな子供を捨てて。おかしいでしょう！」

「里里さん」

晴美は彼女の肩に手を置いた。

「落ち着いて。木藤さんの話を聞きましょう」

「信じてほしい、加寿さんは私と一緒じゃなかった」

「じゃあ、どうして」

「加寿さんは、来なかった」

「え？」

「あの日、加寿さんは来なかったんだ。待ち合わせの場所に来なかった。私は夜まで待って、一人でさびしく家に帰ったよ」

「本当ですか」

「この歳になって、嘘なんて言っても、仕方がない」

木藤は何度か咳をした。

彼がこんなに話したのも、こんなに激しく感情が揺れたのもきっと久しぶりなのだろう。彼の咳には、そういう久しぶりに使った機械が調子を調べているような響きがあった。

「当時、私たちは、神奈川のはずれに住んでいた」

「ええ。今も、母が住んでいます」

「私は町の近くの小高い山の峠を、待ち合わせの場所にした。そこなら、下って行けば隣町に出て、列車に乗って東京に行くのも、静岡の方に行くのも、どちらも可能だったから」

「はい」

「でも、加寿さんは来ずに、私は家に帰ってきた。次の日、学校に行っても、加寿さんは来なかった。二度と私の前に現れなかった。校長先生が五十鈴先生は急にやめることになったとご家族から連絡があったことを発表しただけだ。加寿さんと個人的にも親しかった教頭先生もなかなか詳しいことは教えてくださらなかったが、何度か尋ねてやっと、五十鈴先生は家出されたらしい、と教えてくれた」

「家出……？」

里里と晴美は顔を見合わせた。

「家出、と言っておられた。狐《きつね》につままれたような気持ちだった。待ち合わせをした私は現にここにいるのだから。思い切って、加寿さんの家を訪ねたが、義理のお母さんという人が、加寿は体が悪いので実家に帰っている、と言うばかり。理由を適当にでっち上げて、実家の場所を聞いても教えてくれなかった。そのうち、町中や学校にも、五十鈴先生は家出した、という噂が広まった」

「そんなことで、納得されたんですか」

「どうしようもなかった。警察には捜索願を出したそうだけど、まあ、戦後の混乱期でもあるし、特に捜索のようなことは行われなかったようだ。不明人や家出人は少なくなかったから。それっきりさ。私も、加寿さんとの仲もあるし、そう表立っては探せなかった。加寿さんは私とのことを気に病んで失踪《しっそう》してしまったのか、と思っていたよ。申し訳ないことをした、と……私が生涯独身を貫いたのは、彼女と彼女のご家族に対する、慙愧《ざんき》の念と思っていただけたらありがたい……そんなことで許していただけるとは思っていないが」

「……祖母はどこに行ったんでしょう」

「あるいは……」

「自殺した？」

晴美でもなく木藤でもない、里里の口からしか言えないことだった。

「まさか」

晴美は叫んだ。

「じゃあ、私たちに土地建物を寄贈してくれたのは、どこの誰なのよ？」

「でも、死んでいるのでも、駆け落ちしたのでもなければ、いったい、祖母はどこにいったの？　子供がいるんだから、母親なら必ず家に戻ってくるはずよ？」

その言葉に誰も答えなかった。ただ、三人は黙って、部屋の片隅の、絵本を読む啓の姿に目をやった。

帰りの電車は、重苦しいものになった。

啓は折り紙で静かに遊んでいた。里里は何かを拒否するかのようにずっと外を見ていた。都心に近づいてきて、晴美はそっと里里の肩に手を置いた。振り返った顔を見て、彼女が早く話しかけられたかったのではないか、と気がついた。

「結局、なにもわからなかったわね」

里里は首を振った。

「いいえ。いろいろわかった」

「そう？」

「なにより、祖母がその場に現れなかったこと」

「ええ」

「いいことなのか悪いことなのかは、わからないけど」

「いいこと、と言っていいんじゃないかしら。少なくとも、加寿さんには彼と一緒に逃げるつもりはなかったのだから」

「そうとも言い切れないけど……やっぱり、避けて通れない」

「なにが？」

「母と会うしかないんです。結局、それしかないんですよ。ずっと直視することを避けていたけど、だめなんです。やっぱり、それしかないんですよ」

「お母様は、なにかご存じかしら？」

「母は祖父の介護のため亡くなる前の一時期、同居していました。話を聞いているかもしれません」

「そうね」

二人は、そろって正面を見つめた。車窓から青い空が見えた。

晴美は老人ホームを辞去する時の、木藤の様子を思い出していた。彼は車椅子から立ち上がって、杖をついて彼女たちを出口まで見送ってくれたのだ。ホームの門のところにじっと立っていつまでもいつまでもこちらを見ていた。

木藤はあの姿を里里たちに見せたかったのではないか、加寿の子孫である彼女たちに。いうなれば、しゃっきりと立っている姿を、加寿に見せたかったのではないか。

谷中に来てからの加寿の様子を、伝聞ではあるが、と断ったうえで晴美は語った。木藤はさらに涙を流し、どのような過程を経て彼女が谷中に流れ着いたのかはわからないが、生きていたなら嬉しい、と言った。

そして彼はためらいがちに、家計簿のコピーを一ページでいいからもらえないか、と頼んできた。加寿さんの筆跡をこれから生きていく短い人生のよすがにしたい、と。

里里はすぐに承諾し、木藤が好きなページをどこでも破っていい、と言った。彼が選んだのは、加寿が木藤と音楽室で語り合った、と書いたページだった。

「私も、会わなきゃならない人がいる」

「え」

「これ」

晴美はバッグの中から出して永田からの手紙を渡した。

「読んでいいの？」

「ずっと避けていたけど、私も、決着をつける時期なのかもしれない」

里里は黙って手紙を広げた。手紙には何度も読んでバッグにしまったすれた跡があり、晴美は恥ずかしくて目をそらした。

＊　＊　＊

昭和二十四年六月十四日（火）
五十鈴先生は当直しないの、と聞く子あり。子供がいるので当直当番はお許しいただいているが、他の先生たちは当直の時に生徒たちを学校に呼び、遊んだり泊まったりさせているのでうらやましいらしい。木藤先生の学級は肝試しをしたって、と言う声に身が縮まる。
帰宅して善吉さんに、一晩当直をさせてもらえないか、とおそるおそる頼んでみる。子供がいるから免除されているのにどうして余計な仕事をするのか、と心底不思議そうな顔。

昭和二十四年六月十六日（木）
接《つ》ぎだらけのモンペしかないので通勤用の洋服を作ろうと貯めていたお金で、欲しがっていた善吉さん専用の自転車を買おうか、と提案し、そのあとに、当直をしたいから一晩朋子のことをみてもらえないか、と許しを得る。幸い、自転車のことに喜んで、当直については二つ返事だった。

昭和二十四年六月十七日（金）

来週当直をするから来られる子は学校に遊びに来なさい、と発表すると、生徒たちがわあっと声を上げた。立ち上がって手を叩く子まであり。静かにしなさい、と注意するが、なかなか収まらないほど。この笑顔を見られれば、なんのその。

木藤先生に肝試しのやり方などお聞きする。肝試しなんて適当に学校内を歩けばいいんですよ、真面目だなあ、とあきれて笑われた。

昭和二十四年六月二十二日（水）

昨夜は当直だった。晩御飯後に集まり、勉強を見てやって、肝試しと称して学校内を見回ったらもう終わり。親が迎えに来る子もあれば、そのまま当直室で寝てしまう子もあり。肝試しの途中、木藤先生が便所の脇に隠れていて脅かす、というびっくりもあり、これは木藤先生の発案だったけれども、子供たちは大喜び。あの臭い便所のそばでずっと隠れていただいたと思うと、申し訳なくも、おかしい。

朝、わずかな時間をぬって家に戻る。善吉さんの横に、朋子がすやすや寝ていた。起こしてはいけないとわかっていながら、その小さな目、お鼻、お口、一晩離れていただけですべてが懐かしいようで、ひとつずつ指でそっと触れる。案の定起こしてしまい泣かせる。ありがとう、ごめんね、と言ってあやす。

＊　＊　＊

「瀧本さん？　瀧本里里さんよね？」

「夕顔ネット」で晴美とみずきの今後について打ち合わせをしたあと、谷中の商店街で急に後ろから話しかけられて振り返った。今までほとんど話したことがない「夕顔ネット」の女性が緊張した面持ちで立っていた。確か曽我というんじゃなかったか、とあやふやなまま会釈をした。

「私、曽我です。『夕顔ネット』で経理をやっている」

やっぱりそうか、と思って、安心した。

「もやしなら、先の『スーパーダイイチ』の方が安いわよ。十九円」

里里が手に取った三十八円のもやしを見ながら、きびきびとした声で教えてくれた。

「あ、そうですか」

「『ダイイチ』は卵もお安いの。九十八円だもの」

「あら、それは嬉しい」

「卵ともやしが安いスーパーは大切よねえ。特に子供がいる主婦には」

「ええ」

連れだって歩く格好になった。『スーパーダイイチ』で別れるのかと思っていたら、曽我も入ってきて一緒に買い物をする。豚小間やらウインナーやら、このあたりの安い店の場所を口早に教えてくれた。

「『夕顔ネット』で働くことにしたの?」

「ええ。でも、まだ、わからないんです。どうしたらいいのか……」

曽我は里里の顔を見ずに、特売のトマトを選びながら言った。

「そうなんですか。それは存じ上げずに」

「『夕顔ネット』はいいところよ。私はもうすぐやめるけど」

「……私、あなたのお祖母さんのこと、知ってるの」

「え」

思わず立ち止まってしまう。

「加寿さんが出入りしていた頃から、あそこにいるから……」

「ああ、そうなんですか」

「いい方だった、加寿さんは」

歩きましょうかとうながされて会計を済ませ、駅までの道を曽我と一緒に歩いた。

「加寿さんが現れた……っていうか、会に深く関わるようになったのって、ちょうど前代表の旦那さんが亡くなった頃だったのね」

「ええ」

「ともに闘ってきた人がいなくなって、ちょうど会の不祥事が重なったりして、倉田さんの……なんというかしら、元気というかやる気というか、そういう力みたいなものがそがれてしまった時期だったのね。代表をやめようかとも思っていたみたい。それなのに、私たちは代表、痩せたなあ、ぐらいしか気がついていなかった。加寿さんは当時の事務所から数十メートル離れたところで定食屋をやってたの。でも、倉田さんも旦那さんが生きている時には家でご飯を食べるでしょう。だから、利用したことはほとんどなかった。ひとりになってから加寿さんの店に行くようになったのね。ひとり分だけ作ってもしょうがないし」

「自炊ってひとりじゃ面倒ですものね」

「倉田さんがご飯をほとんど食べられなくなっていたのを、加寿さんは一目で見破って、これから私がご飯を作ってあげるからいつでも来なさいと言ったんだって」

「定食屋さんだから……？」

「ええ、それはそうだけど、昼夜の営業時間や営業日だけではなく、朝や定休日まで全部。どうせ自分も食べるんだから、と言ってほとんどお金も取らず、たとえ倉田さんが来なくても朝ごはんを作って待っていた。加寿さんはなにも言わなかったんだけど、毎日毎日ご飯を作ってくれる、近くでいつでも待っていてくれる姿を見て、倉田さんもまた人のために働きたい、奉仕とは、ただそばにいるだけでいいんだってことがわかったんだって」

「そういうつながりだったんですか」

「ええ。加寿さんは不思議な人だった。『夕顔ネット』の会員さんをずいぶんあの店で働かせてもらったんだけど、彼女たちにものを教える時の話し方は学校の先生みたいなのよ。だけど、お客さんをあしらう時なんかは硬いところがなくて、水商売でもしてきた人みたいだった。過去のことはほとんどしゃべらないし、いったい、なにをしてきた人なんだろうかってよく思った」

「実際、学校の先生でしたから」

「ええ。そうなんだってね。私も三浦代表から聞いた。私は家庭があったからほとんどあの店に行くことはなかったんだけど、一度だけ行ったことがあるの」

「え。そうなんですか」

「たぶん、夫が出張かなにかでいなかった日にね。私も疲れていたし、たまには外食しようかって、電話で子供たちを仕事場の近くまで呼び出したの。子供たちも大喜びして、たまには外食もいいわね、お父さんには秘密よ、なんて話して」

子供がいて働いている里里には、その気持ちのはずみがよくわかるような気がした。

「でもね、なんだか、急にいらいらしてきちゃったのね、私」

「いらいら？」

「そう。もともと疲れてはいたの。夫も働き盛りで忙しかったし、仕事と家庭の両立で、私も中年になってきて体の無理が利かなくなってきていた。子供たちと会って、さあどこかでご飯食べましょうってことになったら、次男がファミレスがいいってぐずりだしたのよ」

「ファミレスですか」

里里はくすっと笑ってしまった。子供の言いそうなことだ。

「当時、谷中にファミレスなんて、歩いて行ける範囲にはないでしょう？　個人商店ばかりですもの。国道の方の、車で行くようなところにしかないの。うちには車がなかったし、でも、次男は学校の友達に聞いて行きたいと思ってたのね」

「ああ。そういうことありますよね」

「ファミレスはだめ、お休みの日、お父さんに連れて行ってもらいましょう、って言いながら、私もそれさえ無理だってわかっていたの。夫は土日もなく、働いていたから。次男はそれ以上騒がなかったんだけど、むくれてしまって。その顔を見たら、ひっぱたいてやりたいぐらい、私も頭にきて、そのまま、加寿さんの店に入ったのよ。なんだか気まずいまま」

「ええ」

「加寿さん、とても喜んでくれてね。子供たちにも話しかけてくれたんだけど、長男はともかく、次男はろくに返事もしないの。私のいらつきはさらにひどくなって」

里里にも覚えがあった。疲れと間の悪さがごっちゃになって、どうしようもないぐらい嫌な心がふくれていく。

「メニューを決めるのも一苦労。私と長男はすぐ決まったんだけど、次男が決めないわけ。ここに食べたいものなんてなんにもない、なんて言って。だから私も、じゃあ食べなくてもいい、勝手にしなさい、って。でも、その時は加寿さんがとりなしてくれてハンバーグに決まったのね。ほっとしたけど、はずかしかったわ。ところが、加寿さんが下がった時に、長男が次男をなぐさめようとして肩に手を置いたらそれを払ったのよ。その手がガラスのコップにあたって、中の水がテーブルに全部こぼれたの。もう、その時は私もかっとして気持ちの抑えが利かなくなった。なにしてるの、お行儀よくできないなら連れてこないよ、とかなんとか、きつい言葉が止まらないの。あやまんなさい、って注意しても次男は黙って下を向いちゃっているし、長男も委縮《いしゅく》していた。その姿を見たら、さらに頭にきて……当たり前よね、子供がそんなに怒られたらなにも言えなくなるに決まってる」

「でも。しょうがないですよね」

里里は曽我を責める気にはまったくなれなかった。どうしようもなく怒鳴ってしまうことは覚えがある。

「そしたら、加寿さんが台布巾持って飛んで来てくれて、いいのいいのいいの、大丈夫大丈夫ってテーブルを拭いて。おばちゃんがコップを変なところに置いちゃったのね。ごめんねって言って。拭きながらにこにこ笑って、軽い調子で私に言ったのよ」

「なんて?」

「あんまり感情的に叱っちゃだめようって」

「すみません。よけいなお世話ですよね」

里里はあやまった。そんなこと、他人から言われたら自分だったらむっとする。

「ううん。それだけじゃないの。あんまり叱っちゃだめよう、そんなに叱ると、会えなくなった時に後悔する、って」

「え」

「私、その時は頭にきていたし、加寿さんのこともよく知らなかったから、子供が成長するとなかなか会えなくなることもあるっていうことぐらいの意味に取っていたのよ。と言うか、正直、ちゃんと考えもしなかったの、その言葉を。お客なのに注意されたって気持ちの方が強くて。加寿さんの店にも二度と行かなかった。ただ、そのあと、長男のクラスメートが水辺の事故で亡くなられたことがあって」

「まあ」

「悲しい事故だったわねえ。お葬式に行ったんだけど、もうお気の毒で言葉をかけられないの。お母さんの泣き声でこちらの身も引きちぎられそうなほどつらかった」

「そうですよねえ」

「でも、泣いていらっしゃるのを見てはっと思い出したの。加寿さんが言っていた、会えなくなるってこういうことか、って」

「ああ」

里里も思わず声が出た。

父親のことを思い出していた。両親が離婚する時、ちゃんと話をしなかった。あの時の後悔はいまだ胸の中にある。曽我にも里里が得心したのが伝わったようで、一つうなずいた。

「加寿さんは事情があって御家族とは離れて暮らしているって噂を聞いたのはそのあとよ」

「ええ」

「ねえ、考えたこと、ない？　もしも子供がいなくなったら。会えなくなったら。それもひどく叱ったり、きついことを言ったあと、別れ別れになったら……私はあれから何度も考えた。それは体が震えるほどの恐怖だった。もちろん、子供を叱らないわけにはいかない。けれど、私はなにかあっても悔いのないように接することを気を付けるようになった。それは、加寿さんのおかげよ」

駅に着いた。

「言っておかなくちゃって、思ったの、私」

曽我は早口に言って、里里の服の肩のあたりを払った。

「ゴミがついてた」

「あ、ありがとうございます」

それは優しい手付きだった。

「加寿さんは悔いていた」

「そうでしょうか」

「ええ。たぶん、返ってこない時間を後悔していた。普段は気丈に振る舞っていたけど、心の中では子供を亡くしたお母さんみたいに泣いていたんだと思う」

「お話ししてくださって、ありがとうございます」

「やめるから私。その前に、ね」

「残念ですね」

「『夕顔ネット』は困った時に、加寿さんに二度助けられた。前代表がやめそうになった時と、財産を残してくださった時と。きっと次は孫のあなたが助けてくれるはずよ」

「助ける……？　そんな力は……毎日の生活がやっとなのに。足手まといにならないか心配です」

「いいえ。私たちが助けるんじゃない。きっと里里さんに助けてもらう日が来る」

曽我は言い聞かせるように、うなずいた。

「じゃあ、また」

「ええ。気をつけて」

手を振って、改札で別れた。曽我は怒ったような顔で、ずっと立っていた。

＊　＊　＊

昭和二十四年七月四日（月）

市瀬《いちせ》君が学校に持ってきた『赤い蠟燭《ろうそく》と人魚』の絵本がなくなる。誕生日に、お父様から銀座で買ってもらったものだそうだ。体操の時間で教室を空けたあと、机の中からなくなっていた。すぐに気づき、皆、総出で探すが見つからない。しょうがなく、経緯を市瀬君のご両親に手紙を書いて持たせた。授業が終わっても、保井《やすい》、三田村《みたむら》、作田《さくた》、加藤《かとう》、などが教壇の前に集まり、先生これは事件だから捜査した方がいい、とか、少年探偵団結成だ、とか、警察に言わないのか、だとか口々に騒ぐ。とにかく、先生が考えるから今日は帰りなさい、と言うと、不満そう。

昭和二十四年七月五日（火）

『赤い蠟燭と人魚』事件で（私も感化された）教室がどこか騒がしい。木藤先生にまで、市瀬の本がなくなったそうですね、などと言われる。ずいぶん噂になっているようだ。市瀬君のご両親からは、高価なものなのに返ってこなかったらどうしてくれるのか、警察に相談した方がよかったのではないか、との返信。そんな高価なものなら学校に持ってくるべきではないのに、とは思うものの、口には出せず。

昭和二十四年七月六日（水）

授業が終わってから生徒たちを残して話す。目をつぶらせて、盗《と》った人は先生の靴箱に入れておいてください、今週中に戻ってくれれば犯人は捜しません、空の上でお日様は見ていますよ、と話した。

それが終わると、少年探偵団たちがやってきて、先生、返ってこなかったらおまわりさんに言いつけると言うべきだ、とか、怪しい人の家の捜索をしたら、などとまたかしましい。

大丈夫、先生は皆を信用していますよ、お日様は皆見ているのよ、と話してもまだ不満げ。

昭和二十四年七月七日（木）

朝、登校すると、すでに絵本は靴箱の中にあった。確かに真新しい、きれいな版画、美しい本。子供の目の前にあったら欲しくなってしまうだろう。

市瀬君に返すと、教室の中がわあっとなった。この件はこれでおしまいですよ、と厳しく注意するが、生徒たちは興奮している。

下校時、また、少年探偵団たちが集まり、先生犯人を捜した方がいい、と口々に言う。犯人なんていないのよ、返ってきたのだから、と言い聞かせて家に帰す。

帰り道、伊達《だて》智明《ともあき》君が後ろからついてきているのに気がついた。伊達君もお父様は戦地で亡くなられている。振り返ると、うなだれていた。呼び寄せても、顔を上げない。

あの本、きれいだったね、先生も欲しくなっちゃった、と言うと、わあっと泣き出した。もうしないね、と聞くとうなずく。伊達君、お父様は見ているよ、と言うと、さらに涙をこぼした。家まで送っていく。どこかほっとした気分も、帰宅すれば、朋子はまた大泣き。

＊　＊　＊

永田義道が指定してきたのは、新宿のホテルの中のカフェだった。

今勤めている会社が近くにあるという。

晴美は十分も前に着いてしまい、先に座って、アイスコーヒーを飲んで待っていた。

肉体の感覚をつかみかねるほど体がふわふわしているのに、心臓だけが存在感を増して強く速くリズムを打ち続けている。

近くを人が通り過ぎるたびに、体がびくっと反応する。だったら、最初から顔を上げて永田を待てばいいのに、カフェの出入り口を直視することができない。ちらりと見るたびに、目をそらしてしまう。

永田がやってきたのは、待ち合わせから十五分も過ぎた頃で、晴美がすっかり疲れてからだった。

「久しぶり」

急に頭の上から声が聞こえて、ぎょっと見上げると、永田が前に座るところだった。

半袖の白いシャツに、ズボン。ネクタイはしていなかった。体重にはほとんど変化がないかもしれない。ただ、頬の厚みが増し、顎がしっかりして、以前より日に焼けている。顔立ちはそのままに、中年らしさが濃くなっていた。

「久しぶりですね」

「元気だった？　晴美ちゃん」

ちゃん、の言い方が、どこか軽いのが気になったが、彼も緊張しているのかもしれない、と思い直す。

「やあ、忙しくて忙しくて」

ポケットから、タオル地のハンカチを出して汗を拭く。

忙しい、というのは、遅れてきたことへの言い訳なのか、気まずさを解消する口癖なのか。

「なによりです」

「貧乏暇なしってやつですなあ」

注文を取りに来たウエイトレスに晴美と同じものを頼むと、永田は、「あれから、どうしてたの」と尋ねた。

どうしてたのか、という問いに、一言で何を答えていいのかわからなかった。これまでの二十年近い出来事がひとつひとつよみがえる。警察で事情を聴かれたことから始まって、腫物に触るように気を遣ってくれた両親、家まで押しかけてきたルポライターと名乗る人物、入院した病院のベッド、窓から見えた風景、夏から秋になり、そして冬に変わっていった。そういったことすべてを思い出して、どこから話し始めていいのか迷っているうちに、「俺はねえ」と、永田が口を開いた。

どうしていたのか、というのは職歴のことなのか、と永田の話を聞いているうちに、晴美は気がついた。

大手商社をやめたあと、貿易会社に勤め、運送会社に勤め、塾講師に転向して、一度は実家に帰って親戚の工場に勤め、また、東京に戻って、不動産会社の営業を経て今の会社に至った……。

永田の話はよどみがなかった。あるいは、こういう話はしなれているのかもしれない。話に特有の流れがあって、ちゃんと落ちがある。貿易会社では利益を出し過ぎて上司に逆に疎まれた、塾講師では女子高生たちにやたらと人気があって問題を起こすのではないかと疑われて塾長に追われた、不動産会社では理不尽な要求が多く気がついたら上司を殴っていた。

「でもねえ、教えるのは得意だし、家を売るノウハウも持っているから、今のところだって嫌になったらいつでも転職できる」

得意げにアイスコーヒーを飲んだ。

彼の唇がストローから離れるのを見ていたら、かたかたと震えているのに気がついた。足元に目をやると永田が激しく貧乏ゆすりをしているのだった。

「晴美ちゃんは?」

彼に合わせて、これまでの仕事を話した。商社をやめたあと、数年家にいて、大学の教授に紹介されたＮＰＯで働いていること。

がかかった。

ロップでも入れ過ぎたのかと思った。お笑い芸人を真似ているのだと気がつくのに、時間

「あまーい！」

彼が急に素っ頓狂な声を出したので、びっくりしてしまった。アイスコーヒーにガムシ

「甘いなあ、晴美ちゃん。うらやましいなあ。大学のセンセに口利いてもらってＮＰＯ一

筋か。さすがお嬢様だなあ」

「そんなんじゃないけど」

「俺なんて、家族を養わなきゃならないし、嫌な仕事でも働くしかなかったよ」

……結婚しているの？

声には出なかった疑問を、永田は察したらしい。

「しょうがないじゃないか。貿易会社で同僚のＯＬが妊娠しちゃって、結婚せざるを得な

かったんだよ。社長の遠縁の娘で、会社もやめたんだ」

「そうだったんですか」

彼が何を言っているのか、耳に入ってこなかった。

別に、彼にも独身でいろというわけではない。自分のような人生を送っていてほしいと

思っていたわけではない。いや、むしろ、幸せでいてほしいとずっと願っていた。きっと

彼があの事件の責任を感じすぎて思いつめているんじゃないかと、心配していたからだ。よかったじゃないか。思い通りだ。彼は立ち直って、幸せな家庭を築いている。

でも、少しは何かあってもいいのではないか。二十年近く前の事件を体のどこかにしみつかせている、何かが。

私は、彼にどうあってほしかったのか。

顔を上げると、いつのまにか永田はテーブルの上に、立派なパンフレットの資料をいっぱいに広げていた。彼が現在関わっている、生涯学習の教材らしかった。お年寄りを中心に一万セット以上売れているらしい。一セットが二十六万で、他の人に紹介すると料金の四分の一が入ってくる。その割合は、たくさんの人に紹介すればするほど増える……。

「里子《さとこ》さんのことは、思い出さないの」

よどみなく話す永田を前に、つぶやいていた。

「え？」

「里子さんのことは、忘れてしまったの」

名前を口にしたのは、何年振りだろう。いや、もしかしたら初めてかもしれない。

「なんだよ」

目を見て、彼がおびえているのを知った。

黙って立ち上がり、店を出た。後ろで、永田が何か言っている声が聞こえた。

自分ばっかり傷ついていると思っていい気になるな。俺だってつらいんだ。被害者ぶるな。

耳をふさいで歩き続けた。ホテルを出たところで、バッグから携帯電話を出した。

「晴美ちゃん？」

聞こえてきたのは、啓の声だった。さっきの「晴美ちゃん」となんと違っていることだろう。

「ママがね、晴美ちゃんからの電話だから、啓が出てもいいと言ったの」

「そう。よかった。晴美ちゃんも啓ちゃんの声聞きたいと思ってたんだ」

「そうなの？　啓ちゃんも一緒だよ」

「ありがとう」

そうなんだ。これでいいのだ。私には子供がいない。これからも作らないだろう。だけど、他の子供を助けることはできるかもしれない。それが、自分の子供だけではなく、生徒たちを愛し続けた加寿の生き方にもつながるのかもしれない。

「啓ちゃん、ママに代わってくれる？」

「うん」

すぐに、里里が出た。

「晴美さん？　どうだった？」

「うん。終わった」

「大丈夫だった？」

「うん……今度話すわ」

「ええ」

「でも、会ってよかった」

「そう。このままうちにご飯食べに来ない？」

声は明るく優しかった。温かい湯気が後ろに見えるような声。

「ありがとう。でも、今日は、よすわ。一人でいようと思う」

「じゃあ、無理は言わないね」

通話は切れた。

さあ、家に帰って、一人で卵かけご飯でも食べよう。そして、また、これからの「夕顔ネット」の活動を広げられるようなことを考えるのだ。もっと、子供を持った母親のことを支援できるようなこと。

「お家に帰ろう」

小さく声に出したら、やっと肩の力が抜けた。

＊　＊　＊

昭和二十四年九月二十日（火）
放課後、木藤先生とお話しした。
僕があなたの夫なら、加寿さんを育児と仕事でこき使うような、つらい目には遭《あ》わせない。とりあえずここから逃げて、生活が落ち着いたら朋子さんを引き取りに来ましょう、あの家の犠牲になる必要はない、と言われた。
ああ、木藤先生はまだお若いのだ。それを口にしてしまうぐらいお若いのだ、と思った。

＊　＊　＊

神奈川のはずれの実家に、里里たちはやってきた。

戦前から住んでいた家を、昭和四十年代に建て替えた。木造で茶色のトタン板で覆われ、灰色のブロック塀でぐるりとまわりを囲まれている。小さな庭には、桜や柿の木が植えられて、ほとんど手入れもされずにうっそうと生い茂っている。

決して不潔ではないのだが、住人の無関心が表れている家だった。

結婚で一度離れた家に、朋子は介護のために戻り、そのまま住んでいる。

「里里さん」

後ろで、啓と手をつないでいた晴美が呼びかけてきた。

「大丈夫?」

「ええ」

「もしも、お母さまと二人きりの方が良ければ……」

「いいえ、晴美さんもついてきて」

怖いのだ。晴美は遠慮していると思っているようだが、それは違う。母親が怖い。どんなふうに傷つけてくるのか、いつもわからなかった。しかも、まったく無自覚の中で行われる。傷つけようという意図もなく、ただ普通に行動するだけで、彼女は里里を傷つけることができる。これまでも、いつも。

「じゃあ、一緒に行くけど、もしも、二人の方がいい話になったら、私は啓ちゃんとどこか外で遊んでいるからね。気を遣わずに言ってね」

「はい。わかっています」

訪問の意志は伝えてある。電話をして、ほとんど向こうの返事を聞かず、友達と娘を連れて行くと言って一方的に切った。ノーと言わなかったのだから、在宅だろう。

チャイムを押すと、インターホンの向こうから「はい」という無機質な声が聞こえた。

「里里です」

「どうぞ」

門の扉を開け、ドアに手をかけようとした時に、開いた。

「いらっしゃい」

母親、朋子が無表情で顔を出した。

髪がほとんど白髪になっているが、昨日、美容院に行ったばかりのようにきれいにセットされている。紺地に白と赤で花が描かれたワンピースを着ていた。昔から母親のだらしない格好を見たことがない。大学時代、友達の家に行って、そこの母親がジャージのような服を着ていたのを見て、びっくりしたことがあった。朋子は寝室以外でそんな姿になることはなかったし、寝室に誰も入れなかった。

「……久しぶり」

朋子は後ろの晴美と啓の顔を見ても、表情を変えずにうなずいた。驚いたり、取り乱したりするのは負けだと思っているのだ、と里里は知っていた。啓が晴美の後ろに隠れたのがわかった。

「友達の、三浦晴美さんと……娘の啓です」

「お入りください」

通された客間には、ソファセットがあって、花の刺繍《ししゅう》が入った白いカバーがかかっている。カバーには糊がぴんとかかっていて、アイロンが当たっていた。

朋子は、紅茶のセットを持って入ってきた。人数分の紅茶を淹れて出す。挨拶も世間話もない。

「あの、家計簿をこちらに送らせていただいた、三浦晴美です」

沈黙に耐え切れなくなったように晴美が頭を下げた。

「ええ。そうですか」

「その節は、失礼をいたしました」

「いいえ。かまいません。お手数をおかけしました。ありがとうございます」

啓が腕を引っ張る。

「啓ちゃんのお祖母ちゃんなの?」

子供心に、尋常ではないものを悟ったのか、里里の耳元にささやいた。

「人前で内緒話をするのは、みっともないことですよ」

朋子が厳しい目つきを啓に向けて言った。娘の体がきゅっとこわばるのがわかる。

「そのぐらいはしつけないと」

「そうですね。みっともないっていうのは、あなたの絶対的な価値観ですからね」

朋子は答えず、眉をひそめた。

「みっともないことが、どうしてそんなに悪いんです？　みっともないことを排除して、お母さんの人生は幸せでしたか？　みっともないことを全部嫌って、家族はばらばらですよね」

「お客様の前で、家族のことを感情的に話すのは、どうかしらね」

「みっともないですか」

晴美が身を動かした。

「私、席をはずしましょうか。啓ちゃんと一緒に……」

「いいえ。ここにいてください」

里里は肩を動かして大きく息を吐いた。

「今日は、別に言い合いをするためにここに来たんじゃないんです」

「言い合いなんてしていませんよ。あなたが一方的に興奮しているだけ。私は、ただ言わなければならないことを、言ったまでのこと。まあ、娘の教育については、別に口出ししませんよ。私には関係がないことですから」

また言い返したくなったが、一度始めたらこれまで抑圧されていた言葉が口から止めどなく流れて止まらなくなってしまいそうで、我慢した。

「今日来たのは、加寿さんの家計簿のことで、いろいろお聞きしたいことができたからです」

「私は、聞きたくありません。加寿という人がどういうことをそこに書いていたか、知りたくもないのです」

「では……」

「だから、私が知っていることだけを話します」

「お母さんが知っていること？」

「父の善吉が、最期に話してくれたことが、いくつかあります。それを話しますから、私には家計簿の話は聞かせないでください。約束ができるなら、話します」

「……わかりました」

朋子は晴美に顔を向けた。

「これからお話しすることは法的にも時効のことです。戦後すぐの話ですから。だけど、五十鈴家にも瀧本家にも決して外聞が良いことではないので、他言は無用に願います」

「はい。わかりました」

晴美は深くうなずいた。

「私も、仕事上、そういうお話を聞くことは多いですし、誰にも話しません。お約束します」

朋子は軽くうなずいた。

「では、手短に話します。これは、父善吉が亡くなる直前に話してくれたことです」

祖父、善吉は亡くなる間際、数か月寝たきりのような状態になって、近所の病院とこの自宅とを行ったり来たりしていた。

「八十五の時に外の階段で転んで足の小指を折ってから、急に寝たきりになりました。寿命だったのでしょうね。前立腺に癌がありましたが、高齢だし手術をしてもしかたがない、ということで治療のしようもありませんでした。そして、亡くなる一か月ほど前、病院から一時帰宅して、ここに泊まっていた時です」

朋子は紅茶を引き寄せて飲んだ。里里は、母がその言葉以上に緊張しているのではないか、と思った。

「その頃の父は昼夜が逆転していたし、昼間もとろとろ夢を見ているのか、起きているのかわからない状態で、ひとりごとのような、寝言のようなことをよくつぶやいていました。

ある時、私が枕元にいたら、急に言ったんです。加寿は逃げようとした、だから、やったんだ、と」

「やった？」

「ええ。私には意味がわかりませんでした。加寿っていうのは、私の産みの母の加寿さんのこと？　と聞いたら、かすかにうなずきました。あれは、逃げようとした。俺は知っていた。家計簿を読んでいたから、あれが男と逃げようとしていたのは、わかっていたんだ。だから、あの日跡をつけて行った、と」

「あの日」

「ええ。加寿さんが、家を出ようとした日でしょう。私は、そんな話、聞きたくなかった。だから、はっきり言ってやりました。お父さんやめて、と。すると、父は、めずらしく私の腕を取って、そうじゃないんだ、これはちゃんと聞いておかないと、お前のためにならないから、と言っていました。私も我慢して、話を聞くことにしたんです。まあ、そういう状態だから、なにを言っているのかわからないこともあったし、話が前後することも多かったけど」

「でも、お祖父ちゃんは、どうしてもお母さんに聞かせたいと言ったんですね」

「そう。どういうことかしらね。別に聞いたって聞かなくたって、なにも変わりませんよ」

朋子は鼻をかすかに鳴らした。そんな母親をあわれみを持って眺めた。けれど、口にはしなかった。

「まだるっこしい話し方で、ずいぶんいらいらさせられたけど……」

朋子の話から、善吉の行動が浮かび上がってきた。

その日は日曜日で、加寿はいつもと変わらないそぶりで溜まった家事を片付けていた。しかし、昼ご飯を食べると街に行って買い物をしたい、とそわそわしだしたので、善吉はそれを許した。彼はすでに家計簿を読んでいて、彼女がその日、男と逃げようとしていることを知っていた。彼女は晩ご飯の支度まですませて家を出た。付いて行きたがる朋子に菓子を買ってきてやると約束して追い払った。跡をつけていくと、彼女は街でなく近くの山道を上がって行った。その、まったくためらいのない歩みを見ているのがつらくなって、善吉は後ろから声をかけた。

「加寿」

加寿は驚愕した表情で振り返った。

「善吉さん、どうして……」

「どこに行くんだ」

「…………」

「男と逃げるのか」

「……違います」

「あの男のこと、俺は知ってるんだぞ」

「違います。一緒には行けないと言いに来たんです」

加寿は冷静に言い切った。嘘のつけない女だったのに、しゃらっとした顔で言ったから、よけいに小憎らしく見えた。

「嘘をつけ」

善吉は思わず彼女の襟元をつかんで体をゆすった。

「嘘じゃありません」

加寿がいろいろと言い訳をしていたが、かっとして耳に入ってこなかった。そうしているうちに彼女は足を踏み外して、崖から下の川の方に落ちてしまった。

「崖から落ちた」

「ええ？」

里里と晴美がほとんど同時に叫び声をあげた。けれど、朋子は薄く笑いを浮かべながら、うなずいた。

「ずるずるずるっと、崖から下の川の方に落ちて行ったそうです。なんの音もしないし、彼女が上がってこないから、父はてっきり加寿さんを殺してしまったと思い込んで家に帰り、加寿は家出した、と周りに言ったそうです」

「捜しもしなかったんですか」

「ええ。父も頭にきていたし、死ぬなら死んでくれていい、という気持ちだったそうですよ。一応、警察には捜索願を出したけど、戦後のばたばたした時期だったこともあって、それっきり。加寿さんはあらわれないし、あのまま死んだんだろうと思っていたそうです」

「そうですか……」

「ところが、十年近くたって、彼女から手紙が来ました」

「やっぱり、生きていたんですね……」

晴美がほっとしたようにつぶやいた。

「ええ。谷中のあたりで定食屋をやっている、ということでした。あの時、突き落とされて、たまたま近所の旅館で働いている人に見つけられて、そこで怪我を治したそうです。

父をかばって、誰にも名前も理由も話さずに、怪我が治ったあとはそこで働かせてもらっていたらしい。お金が貯まったところで、父や私に迷惑がかからないように、その地を離れたそうです。元気にやっているから心配しないでくれということと、もしもあの頃の家計簿があったら、送ってくれないか、と書かれていたって。だから、適当にまとめて送ったそうですよ。それからなんの連絡もない、と言っていました。私が知っているのはそれだけです」

里里も晴美も何も言えなかった。啓は意味のわからない話に飽きたのか、気がついたらソファの上で寝ていた。

「お祖父ちゃんは、どうしたんですか」

「どうもこうもしようがないものねえ。一度だけ谷中の店を見に行って、遠くから眺めるだけで帰ってきたことはあるそうですよ」

「お母さんはなにも思わないんですか。加寿さんが、決して、お母さんを裏切ったわけじゃないことがわかったんだから」

「どうだというんですか。母がそんな男と変な関係にならなければ、最初からそんなこともなかったんですよ。みっともない」

手遅れだ、と思った。なにを言っても、伝わらないだろう、この人には。けれど、一縷《いちる》の望みをかけて言った。

「家計簿には、お母さんのこともたくさん書いてありましたよ。加寿さんはとてもあなたをかわいがっていたし、大切にしていた」

朋子はまた、眉をひそめた。その表情を見ると怖くなった。そうだ、この表情にいつも支配されていた。何か言われる前に、この表情だけで心が固まって、何もできなくなってしまった。

「家計簿の話はしないっていう約束よね」

「でも、大切なことだから」

「約束したことが守れないなら、帰ってください」

この人の心は何十年も前に固まってしまって、決して開くことも動くこともないのだとわかった。かわいそうな人だ。それが、加寿や木藤や、善吉がしたことの罪だというのなら、きっとそうなのだろう。ただ、どうしても言わなきゃいけないことがある。

「加寿さんは家計簿を返してほしいと言ったんですよね」

「ええ」

「おかしいと思いませんか？　いくら一生懸命つけていた家計簿だからって、そんなに固《こ》執《しつ》するなんて。どうしても返してほしいなんて」

朋子はまた、鼻を鳴らした。

「さあね。我が子よりもお大切な家計簿だったんでしょう」

バッグの中から出した。朋子が生まれた年の家計簿だ。

「これだけは見てください」

家計簿の裏表紙を開いて、母の目の前に突き出した。彼女はまるで汚れ物を出されたみたいに顔をしかめて、そむけた。

「これだけは」

さらに前に迫った。

「なんなの」

顔をゆがめたまま、ちらりと目を落とす。

「見ればわかります」

そこには、一見、真っ黒な一枚の紙が貼りつけてあった。白の縁取りがあるので、かろうじて写真とわかる。

しかし、さらによくよく見れば、うっすらと小さな顔の輪郭が浮かんでくるのだった。

白い帽子をかぶっているようなのがわかるが、表情までは見えない。そして、横に加寿の端正な文字があった。

――朋子、二か月。善吉さんがご近所の遠藤《えんどう》さんからカメラを借りてくる。朋子がかわいくてかわいくて、天気が悪いからうまく写らないわよ、と言うのに、どうしても写真が欲しいんだ、と言って撮った写真。

「この写真が欲しかったんですよ。こんな真っ黒な写真でも、あなたの姿を手元に残したかったんですよ」

気がつくと、朋子は家計簿を手に取ってじっと見ていた。

「お母さん、お祖母ちゃんはあなたのことを忘れてなかったと思うよ。母娘だもの」

しばらく凝視したあと黙って家計簿を置き、部屋を出て行った。帰れ、ということなのだろうか、里里と晴美が顔を見合わせたところに、戻ってきて、古い手紙を出した。

「これが加寿さんから来た手紙です。私は読んでないけど、興味があれば持って帰りなさい」

「……いいの？」

「私が持っているより、あなたが持っていた方がいいでしょう。それから……これ」

朋子はためらいながら、小さな柔らかいものを里里に手渡した。

「なに？」

ピンクの温かな手触りに戸惑った。温かさも柔らかさも、今までに一度も母から渡された記憶のない種類のものだった。

「マフラー。あなたが子供の時に私が編んでみました。舶来《はくらい》のいい毛糸を使ったから、捨てられなかった」

「ありがとう。啓に使うわ」

「あまりうまくないから。でも毛糸はいいものだから、編み直したらいいわ。あなたは昔から手先が器用だから、その方がいいでしょう」

編地《あみじ》が若い母親の拘泥を表すように、ところどころねじれて曲がっていた。

「そういうこと、上手にできなくて、私は」

朋子はつぶやくように言った。それは、彼女からの初めての謝罪に聞こえた。

里里は晴美を振り返った。

「じゃあ、失礼しましょう」

家を出る時に朋子は何も言わなかったが、深くお辞儀をしていた。啓は「ばいばい」と手を振った。

しばらく歩いて、晴美は一度振り返り大きく息を吐いた。

「お母さまは泣いておられた」

「え」

「気がつかなかった？　手紙を取りに行った時に泣いていたのよ。戻った時には、拭いていたけど」

「そうだった？」

「ええ。私はたくさんの人が泣いているのを見てきたから、泣いたあとの顔だけはよくわかるの。あれは泣いて、隠そうとした顔よ。わずかだけど目がしらが充血していた」

「そうだとしたら、初めてかもしれない。母が泣くの……あれでよかったのかしら」

「伝わったと思う。加寿さんの気持ちは、たぶんお母さまに伝わっている」

「そうならいいけど」

里里は早く加寿からの手紙が読みたくて、晴美を誘って実家の駅前のコーヒーチェーン店に入った。

「まず、あたしから読みますね」

「ええ。もちろん」

バッグから絵本を取り出して啓に渡し、手紙を広げた。

「五十鈴善吉様
拝啓
早春の候、善吉さんにおかれましては、ますますご健勝のことと思います。
突然の手紙をお許しくださいませ。
このような手紙を差し上げて、さぞかし驚かれたことかと思います。
加寿は、あの山奥で善吉さんに落とされたあと、谷底で足を折って倒れていたところを、山菜を採りに来た近所の旅館で働く方に助けられ、旅館で傷を治しました。どこから来たのか、自分が誰なのかもわからない、足を滑らせたと言い張りましたので、あなたや朋子に迷惑がかかることはございません。ご心配なさらないようにしてください。私は鈴木とも子という名（朋子の名を借りました）でしばらく仲居として働かせていただきました。旅館というところは身を隠したり、人に詮索されたりしたくない女がめずらしくない場所で、加寿もなんとか生きていくことができました。
あのあと何度も、朋子会いたさに堪らなくなり家に戻りました。ただ、顔を出す勇気も気力もなく、家の灯りを見て帰りました。一度だけ家の扉を叩いたこともありましたが、あなたも朋子もおらず、お義母さまだけがたいそう驚かれたご様子で、もう二度と家に近づかないでくれ、と怒られて帰りました。せめて朋子の写真一枚でも、とお願いしたのですが、許されませんでした。

その後、旅館をやめて、今は谷中で小さな定食屋をしております。

善吉さんに思うところは、一つもございません。ただ、できましたら、昔、わたくしがつけておりました家計簿を、こちらに送っていただけないでしょうか。あれが、加寿のたったひとつのよすが、過去をつなぐ道だからです。あれがないと、加寿には過去と現在を通す道がなく、ただ、虚空にふわふわと漂う存在になってしまうような気がするのです。

ひとつだけ、善吉さんに言っておきたいことがございます。

過去の誤解を解いてもせんないことではありますが、どうしてもこれだけはわかってほしいのです。

あの日、私が家を出たのは、ほかでもありません。同じ学校の木藤先生が指定した場所に行って、駆け落ちをお断りするためです。決して、あなたが思っていたような、一緒に逃げるためではありません。証拠がないではないか、と思われるかもしれませんが、それだけは信じていただきたいのです。そうでなくては、加寿がこれまでひとりで生きてきたかいがないような気がするのです。

確かに、私は木藤先生に心惹かれるものがありました。けれど、木藤先生はおっしゃいました。僕と結婚してくれたら加寿さんにはこんな苦労はさせない、学校の教師なんてやめさせて家事に専念させる、と。あの時、加寿ははっきりとわかったのです。加寿は仕事を続けたいのだ、と。加寿は仕事をすることが好きなのだ、と。

あんなに何度も木藤先生と逃げるつもりはない、加寿は教師を続けたいのだと言ったのに、あなたは私を谷底に落とされた。

おわかりになっていただけなかったのが、無念でなりません。

それでは、寒さの厳しい折、お体ご自愛くださいませ。

善吉さん、お義母さま、そして、朋子の幸せを心より願っております。

敬具

五十鈴加寿」

里里は晴美に手紙を手渡した。彼女は読み終わって、手紙を丁寧にたたんだ。

「もしかして」

と、晴美は口を開いた。

「ええ」

「木藤さんのことじゃない。仕事のない善吉さんには、妻が自立するのが耐えられなかったんじゃないかしら。男のことなんかより、それが我慢できなかった」

「あたしもそう思います。努力や稼ぎじゃ、彼女が完全には幸せになれないと気がついた時に、なにかが壊れてしまったのかも。祖父の中で」

「時代もあるんでしょう。そして、あの木藤さんも完全には加寿さんを理解できていなかった……」

「これはやっぱり母に読んでもらいたい」

「私も同じことを考えていた」

「コピーを取って送ります。手紙をそえて……」

二人はしばらく、黙っていた。

「里里さん」

口火を切ったのは、晴美だった。

「はい」

「そろそろ、返事を聞かせてくれる？　うちのＮＰＯを手伝って、あのビルに住んでくれない？」

里里はうなずいた。

「はい。あたしからもお願いしようと思っていました。これからよろしくお願いします。

お世話になります」

「ありがとう」

「こちらこそ、ありがとう」

「どうしたの？」

啓が尋ねた。

「啓ちゃんと、ママは、うちに引っ越して来るのよ。晴美ちゃんと、これからお仕事を一緒にするし、近くに住むの」

「本当？」

「そう、みずきちゃんや、真菜ちゃんともこれからもっと会えるよ」

「わあ」

啓が小さな手を叩いた。

「そうね、嬉しいね。啓」

「私も嬉しい」

啓が大きくなったら、家計簿と手紙を読ませよう。この子が、過去と現在の中でひとりぼっちにならないように。加寿はあたしたちに縦のつながりを与えてくれた、そして、晴美には横の。

すべては加寿が必死に生きてくれたおかげなのだ。あたしもまた、誰かにつながるような生き方をしたい。「夕顔ネット」で見つかるだろうか。

晴美さんみたいになりたいんですよ、と言いかけてやめた。それはきっと今はまだ早くて、彼女を戸惑わせるだけだと思った。

口を開きかけてやめた自分に晴美が小首を傾《かし》げていたので、ただ黙って微笑みかけた。

＊　＊　＊

昭和二十四年九月二十四日（土）

木藤先生のお言葉で、私は決心がついた。自分にとって大切なものが何かわかった。明日、先生が指定された待ち合わせ場所で落ち合う。

誰にもわかってもらえないかもしれない。善吉さんにも、お義母さまにも。

朋子はそれを理解してくれる娘になってくれるだろうか。

今は無理でも、いつか誰かがわかってくれるだろう。

そんな時代が、きっと来る。

解説

東《あづま》えりか（書評家）

女はいくつもの顔を持っている。日々の暮らしは「主婦」として、結婚すれば「妻」や「嫁」になる。子どもを産めば「母」の責任が生まれ、母親に向かうときには「娘」らしいふるまいをする。社会でキャリアウーマンとしてバリバリ働く人もいる。

それぞれの名称の間には厳格な一線が引かれており、その線を踏み出さなければ役目を逸脱《いつだつ》することはない。時と場合によって顔を使い分ける、それが上手《うま》く生きるコツで、その知恵はいつの間にか備わっているものなのだ。

だがその一線をしかたなく踏み出してしまう人もいる。例えばシングルマザー。例えば家出。売春、不倫。世間の風当たりは強く、生きていくことだけで精一杯になってしまうこともあるだろう。

本書の主人公、瀧本里里《たきもとりり》もほんの少しだけ踏み外した女のひとりだ。シングルマザーとして生きることを選び、一人娘の啓《けい》とひっそりと暮らしている。

ある日、里里のもとへ、早くに亡くなったと聞かされていた祖母の家計簿が何冊も送られてきた。子どもの頃から冷たくされ、馴染《なじ》めなかった実の母親、瀧本朋子《ともこ》から転送されてきたものだ。

そんなとき、コンピュータープログラマーとして働いていた里里の会社が倒産した。途方に暮れるものの、失業手当をもらいながら身の振り方に悩むうちに、見も知らない「五十鈴加寿《いすずかず》」という祖母の生き方を家計簿から辿《たど》ることになる。

この家計簿を送ったのは三浦晴美《みうらはるみ》という、水商売や風俗関係の仕事に就《つ》いていた高齢の女性に対する援助団体「夕顔《ゆうがお》ネット」というNPOの代表である。五十鈴加寿は晩年、谷中《やなか》で定食屋を営《いとな》んでいた。「夕顔ネット」の前代表・倉田義信《くらたよしのぶ》、伸子《のぶこ》夫妻の活動を支援していた加寿は、死後、食堂を倉田夫妻に事務所として寄贈していたのだ。

老朽化し手狭になった事務所を建て替えるという段になって、晴美は加寿の遺品整理に手を付ける。里里のもとに届けられた家計簿は、事務所の中に大事に仕舞われていたものだった。

原田ひ香の小説はいつも導入部が上手い。わずか30ページほどでぐっと引き込まれてしまう。何か問題を抱えた女性たちの物語であり、それはもしかすると私の心に近いかもしれないと思わせる。本当に巧みだと感心させられる。

この物語は「彼女の家計簿」が紡《つむ》ぐ3世代にわたる女の物語である。それぞれの女には、その時々の顔があり、暮らしがある。取るに足らないような些細《ささい》な出来事でも、細々と繋《つな》げていくと大きなうねりとなって、時代が見えてくるのだ。

人がひとり亡くなると、多くのものが残される。その人にとってはかけがえのないものかもしれないが、他の人から見ればほとんどがガラクタだ。だが捨てるに捨てられないものもある。日記や手紙、書き残したもの、そして写真には未練が残る。身内の人に見てもらいたいと思うのは人情だろう。

加寿の家計簿は昭和17年2月23日の記述から始まっている。新婚の加寿に姑《しゅうとめ》がプレゼントしてくれたようだ。妻として嫁として初々《ういうい》しい決意が見て取れる。

この年の前年の12月8日、日本は真珠湾《しんじゅわん》攻撃を行い、アメリカとの全面戦争、いわゆる太平洋戦争に突入している。当初は優勢に勝ち進んでいた。家計簿をもらった8日前にはシンガポールを占領し、女性たちも銃後《じゅうご》を守るために大日本婦人会が発足していた。

加寿には月々一四円が預けられ、ご飯とおかずを賄《まかな》うように言われている。『物価の文化史事典』(展望社)によるとこの年の米の小売値段は一〇キロで三円三二銭。配給《はいきゅう》米公定価格制《まいこうていかかくせい》が布《し》かれていた。戦争のためか、野菜や調味料のデータは空白だが、三人の食費として一四円はごく普通だったのではないだろうか。

家計簿にちょっとした覚え書きとして書かれた独白《どくはく》には、戦争に向かう日々と夫の善吉《よしきち》、義母との生活が淡々と綴られている。「嫁」として姑に仕えるという概念は、いまではほとんどなくなってしまったものだ。まして母親の愛情に恵まれず、妻子ある男の子どもを産んだ里里には、この家計簿の記述は実感がわかないだろう。

だが、愛《いと》しいわが子を見るにつけ、里里は不思議に思う。なぜ母は自分に愛情を注がなかったのだろう。加寿という女性は、本当に母の朋子を産んだ人なのか。なぜ谷中でひとりきりで定食屋を営んでいたのか、そこまでに至る経緯や理由は何だったのか。

もし、あの戦争が無かったらと思う。私も戦争を全く知らない世代だが、子どもの頃はまだ名残があって、親戚の中には満州《まんしゅう》から引き揚げてきた人もいたし、空襲で子どもを亡くした人もいた。大人同士で話す戦争の苦労話を聞くともなく聞いて育った私たちの世代と、その子どもに当たる世代では、この物語の捉え方はまったく違ったものになるかもしれない。

そういう意味では、私は母の朋子に対して同情的な気持ちを持つ。三つ子の魂百までも、と言われるように幼児の環境は大人になっても影響を及ぼすのだ。物心ついた時に母はなく、家族や親せきからは悪い噂しか聞かない。だが、娘に対する冷淡さは温《ぬく》もりを欲する裏返しで、本人も自覚しないまま、生きてきてしまったのだろう。

現代に生きる若い母親の里里と、夫や子どもさえ、ある距離から自分に近づけなかった朋子、ある事情で「夕顔ネット」の代表になった晴美、世代は違っても三者三様に自由を求め、ある一線を踏み越えた女の生き方が、自由を求めながら、家に縛られ続けた加寿の家計簿に小さく記された独白と重なり合う。

女同士だから憎み合うし、女同士だから分かり合える。一つの小さな謎が解決され、次の謎解きの手掛かりになる。冷えてしまった関係に、謎が解かれるたびに血が通う。その輪廻《りんね》のような転がりは、きっと誰もが手にしているものなのだ。

『彼女の家計簿』は、もともと主婦雑誌のファンだった著者が、決して多くない夫の収入でやりくりする記事に感動し、憧《あこが》れていたことが発端だったようだ。家計簿が日本に登場するのが明治20年。太平洋戦争中も家計簿は細々と出版され、終戦の翌年には主婦雑誌『婦人之友』で「家計簿をつけ通す同盟」が呼び掛けられていたという。そうやって女たちはやりくりをし、細々とへそくりをためていたのだ。残念ながら、私は日記も家計簿も続いた例《ためし》がないのだが。

著者がもう一つ書きたかったテーマが女性の仕事についてであった。幼いころからどうやって生計を立てようかと考えていたという原田は、登場人物がどうやって生計を立てているかということをいつも考えているそうだ。

話題作となった『東京ロンダリング』(集英社文庫)では事故物件に住み、部屋をロンダリングする仕事。『母親ウエスタン』(光文社文庫)は母親のいない家庭にもぐりこむ女性など、ユニークな仕事を作り出している。本書のNPO「夕顔ネット」も著者が考え出した団体だという。水商売や風俗などで働いていた女性が晩年どうして生きていくか、というのは確かに難しいだろうなとは思う。心に傷を持つ女性の再生を描く作風は、世代を超えた女性たちに共感をもって読み継がれている。『彼女の家計簿』もまた、多くの女性たちの心を捉えていくだろう。

2016年6月に上梓《じょうし》された『虫たちの家』もまた、傷ついた女たちが支え合う物語である。リベンジポルノなどと言われる、ネットに流されたプライベートの卑猥《ひわい》な写真で、普通の生活が営めなくなった女性が、お互いに詮索《せんさく》せず、ひっそりと暮らす小さな島。だが、過去の事件は彼女たちを放っておいてはくれなかったのだ。

どんでん返しに次ぐどんでん返し。何度ページを戻って読んだだろう。最後の1ページまで緊張感の途切れない作品であった。

原田ひ香の進化は続く。いつか、私のなかに潜《ひそ》んでいる暗い部分を暴かれてしまうのではないか。怯《おび》えつつ、ちょっと楽しみにしている。

参考文献

『日記をつづるということ　国民教育装置とその逸脱』西川祐子著　吉川弘文館
『戦争中の暮しの記録』暮しの手帖編集部編　暮しの手帖社
『戦下のレシピ　太平洋戦争下の食を知る』斎藤美奈子著　岩波書店

○単行本　二〇一四年一月　光文社刊

03/16/2025.

光文社文庫

彼女《かのじょ》の家《か》計《けい》簿《ぼ》

著者　原《はら》田《だ》ひ香《か》

2016年7月20日　初版1刷発行
2022年7月20日　4刷発行

発行者　鈴木広和
印刷　新藤慶昌堂
製本　ナショナル製本

発行所　株式会社　光文社
〒112-8011　東京都文京区音羽1-16-6
電話（03）5395-8149　編集部
8116　書籍販売部
8125　業務部

© Hika Harada 2016
落丁本·乱丁本は業務部にご連絡くだされば、お取替えいたします。
ISBN978-4-334-77320-5　Printed in Japan

R　<日本複製権センター委託出版物>
本書の無断複写複製（コピー）は著作権法上での例外を除き禁じられています。本書をコピーされる場合は、そのつど事前に、日本複製権センター（☎03-6809-1281、e-mail : jrrc_info@jrrc.or.jp）の許諾を得てください。

組版　萩原印刷

本書の電子化は私的使用に限り、著作権法上認められています。ただし代行業者等の第三者による電子データ化及び電子書籍化は、いかなる場合も認められておりません。

光文社文庫　好評既刊

スクール・ウォーズ	馬場信浩
CIRO	浜田文人
機密	浜田文人
利権	浜田文人
叛乱	浜田文人
ロスト・ケア	葉真中顕
絶叫	葉真中顕
コクーン	葉真中顕
Blue	葉真中顕
アリス・ザ・ワンダーキラー	早坂吝
「綺麗な人」と言われるようになったのは、四十歳を過ぎてからでした	林真理子
私のこと、好きだった?	林真理子
出好き、ネコ好き、私好き	林真理子
母親ウエスタン	原田ひ香
彼女の家計簿	原田ひ香
彼女たちが眠る家	原田ひ香
密室の鍵貸します	東川篤哉

密室に向かって撃て!	東川篤哉
完全犯罪に猫は何匹必要か?	東川篤哉
学ばない探偵たちの学園	東川篤哉
交換殺人には向かない夜	東川篤哉
中途半端な密室	東川篤哉
ここに死体を捨てないでください!	東川篤哉
殺意は必ず三度ある	東川篤哉
はやく名探偵になりたい	東川篤哉
私の嫌いな探偵	東川篤哉
探偵さえいなければ	東川篤哉
犯人のいない殺人の夜　新装版	東野圭吾
怪しい人びと　新装版	東野圭吾
白馬山荘殺人事件　新装版	東野圭吾
11文字の殺人　新装版	東野圭吾
殺人現場は雲の上　新装版	東野圭吾
ブルータスの心臓　新装版	東野圭吾
回廊亭殺人事件　新装版	東野圭吾

光文社文庫　好評既刊

美しき凶器　新装版　東野圭吾
ゲームの名は誘拐　東野圭吾
ダイイング・アイ　東野圭吾
あの頃の誰か　東野圭吾
カッコウの卵は誰のもの　東野圭吾
虚ろな十字架　東野圭吾
素敵な日本人　東野圭吾
夢はトリノをかけめぐる　東野圭吾
ワイルド・サイドを歩け　東山彰良
逃亡作法　東山彰良
ヒキタさん！　ご懐妊ですよ　ヒキタクニオ
許されざるもの　樋口明雄
黒い手帳　久生十蘭
リアル・シンデレラ　姫野カオルコ
整形美女　姫野カオルコ
サロメの夢は血の夢　平石貴樹
独白するユニバーサル横メルカトル　平山夢明

ミサイルマン　平山夢明
探偵は女手ひとつ　深町秋生
大癋見警部の事件簿　深水黎一郎
大癋見警部の事件簿　リターンズ　深水黎一郎
無罪　深谷忠記
Nの悲劇　東京〜金沢殺人ライン　深谷忠記
札幌・オホーツク　逆転の殺人　新装版　深谷忠記
AIには殺せない　深谷忠記
灰色の犬　福澤徹三
白日の鴉　福澤徹三
晩夏の向日葵　福澤徹三
群青の魚　福澤徹三
いつまでも白い羽根　藤岡陽子
トライアウト　藤岡陽子
ホイッスル　藤岡陽子
晴れたらいいね　藤岡陽子
波風　藤岡陽子